Fortællinger fra støvlelandet

AF399485

Forside
San Giovanni Kirken, Cervo
Finansieret af Koralfiskere
Se side 39 'Jagten på de røde koraller'

Lars Hee

Fortællinger fra støvlelandet

Med forord af
Tina Hee

Books on Demand GmbH

Tilegnet de der drømte om at få deres historie foreviget.

Indhold

Forord   8

Prolog   9

1 Heldigvis vender de aldrig tilbage   11

2 Ferminas dagbog   18

3 Langt væk hjemmefra   25

4 Drømme   32

5 Jagten på de røde koraller   39

6 Den kinesiske skulptur   45

7 Mæt af dage   52

8 Han så det ske   58

9 Tårnet   64

10 Bortførelsen   70

11 Stella   77

12 En ægte helt   83

13 Kærlighedens maske   89

Noter   95

Forord

I 2011 gennemførte min bror sin anden dannelsesrejse i Italien: 82 udfordrende dage, 7500 italienske kilometer og 22 spændende lokaliteter. Da Lars spurgte, om jeg ville skrive forordet til *Fortællinger fra støvlelandet*, havde jeg ingen betænkeligheder. ”… og hvorfor ikke give Johannes en rolle i bogen?” frittede jeg frimodigt.

Mìn rejsekammerat, Johannes drager alene af sted på sin cykel med høj hat og lang frakke, og mine malerier afspejler Johannes på vej mod nye eventyr. De landskaber som Johannes færdes i, er ikke nødvendigvis de danske. Jeg søger med mit lys og mine farver at skabe associationer til områder længere sydpå. I støvlelandet for eksempel.

Jeg lyttede spændt på de skæbnefortællinger de lokale havde berettet for Lars på rejsen, og hvordan han efterfølgende har ladet fantasibilleder skyde i vejret. Jeg tænkte straks på min Johannes.

Eventyrlige skildringer, øjenvidneberetninger og historiske begivenheder er omdrejningspunktet for Lars' fiktion. Fiktion udsprunget af mødet med det fremmede element.

Om vi sætter ord på billeder eller billeder på ord, er ikke så afgørende. Alle kan, om de vil, digte eventyrene færdige eller lade Johannes guide sig gennem.

Billedkunstner   *www.tinahee.com*
Tina Hee

Prolog

"Jeg har skrevet tretten korte fortællinger fra dit land", beretter jeg for Giuseppina. "Jeg skal bruge en indledning til hver enkelt historie, og jeg er løbet tør for ord". Vi sidder på hendes veranda og drikker Cortese[1], mens den storslåede udsigt ud over det Piemontesiske bjerglandskab og svejtserhytten, på den nærmeste kam, fylder rummet. "Fortællingerne er Jesus blod, og den gode indledning vil være hans legeme. Det binder dine historier sammen," siger hun. Jeg ligner et stort spørgsmålstegn. "Hvorfor ikke?" fortsætter hun. "Måske er du ikke religiøs nok til at se, hvor jeg vil hen," driller hun og rejser sig.

En halv flaske Cortese og mange tanker senere, har jeg en skabelon, der måske kan bruges. I hvert fald har jeg nedfældet nogle stikord, der hver især giver en mening i forhold til den enkelte fiktion, og det budskab jeg ønsker at viderebringe. Jeg får øje på Giuseppinas grønne Panda 4x4[2], da hun drejer ind på den stejle grusvej, der fører op til Casa Viscardo; det agriturismo som Giuseppina og hendes mand Arturo smagfuldt har istandsat over de seneste par år. "Har du tænkt over min idé?" spørger hun interesseret, da hun træder ud på verandaen med en espresso i hver hånd. Jeg fortæller om de tanker, jeg har gjort mig, og viser hende skabelonen. "Det bliver godt," erklærer hun, mens hun stirrer reflekterende ud i luften, og lader ordene tegne deres eget billede i hendes guddommelige univers.

Arturo kommer ud med en flaske og to glas. "Jeg håber ikke jeg forstyrrer, men I skal smage denne Dolcetto[3]. Det er noget af det bedste, vi har produceret længe."

Lars Hee, Piemonte 2011

Et afskyeligt kapitel fra verdenshistoriens anden store krig. En historie eftertiden aldrig må glemme. Sådanne erindringer og lignende erindrings-steder skal til evig tid minde os om det skete, så historien ikke gentager sig.

Johannes, Bolzano

Den første historie fra støvlelandet

Heldigvis vender de aldrig tilbage

Den aldrende dame sidder to borde til venstre for Herr Leitner. Hun suger hyppigt i gebisset. Hver gang er det som om, hendes vejrtrækning bliver mere intens. To store sølvfarvede øreringe, der ligner halve mågeæg, står perfekt til en stålgrå hårpragt og et par kraftige sygekassebriller. Hun er petit. Leitner gætter på hun er i begyndelsen af 90'erne, ligesom han selv. Hendes stok er prydet med sølvgreb og står op af bænken ved hendes side. Der er noget bekendt over hende, tænker Leitner, mens han nyder et glas Pinot Nero.

Restaurant Den Gyldne Fasan ligger i en kold og ucharmerende arkade umiddelbart uden for Bolzanos gamle bydel. En rustik germansk stil står i kontrast til den italienske deco, som Leitner selv foretrækker. Gulvet består af rektangulære lysebrune og glatslebne granitfliser. Der er mørkerødt betræk på stole og bænke. Mørkerøde gardiner, mørkt træværk fra væg til loft og et mørkt træloft dekoreret med store franske liljer i firkantede felter understreger den tyske inspiration. Billederne på væggen er i alle størrelser og farve. Over for Leitners bord, langs den ene væg, står en indbygget skænk. Der ligger støvede årgangsvine vine og perfekt arrangerede glas på øverste hylde. Nederst fire massive skuffer og et åbent skab fyldt med nypressede duge. Leitner savner den røde tråd.

Svingdøren ind til ølstuen og køkkenet er af mørkt træ med blyindfattede ruder. For enden af lokalet står en massiv kommode i mahogni. Glasstager med røde stearinlys, en kurv med farvede æg, en hvid porcelænskål med fredsliljer, en petroleumslampe og en Tyroler-dukke dekorerer det gevaldige møbel.

Leitner studerer den tunge deco, mens han tænker på, hvor han har set fruen på sin venstre side. Tjeneren er en midaldrende Tyroler. Han er lille og serverer høfligt i et slidt, blanksort jakkesæt og mørkt slips med hvide prikker. Hans måne sidder betydeligt længere fremme på hovedet, end måner normalt sidder. En spids næse, korte tykke fingre, en stor guldring og briller med glas som hinkestene, gør ham til en karikatur.

Den gamle dame er færdig med at spise, og sidder nu og bladrer i dagens udgave af Alto Adige[4]. Selvom hun er gammel og sammensunket, udstråler hun format. Leitner tænker, at hun engang har været en smuk kvinde. Tjeneren tager hendes tallerken og siger på tysk: ”Var alt tilfredsstillende Frau Waldmann”? Leitners blodtryk stiger. Han opdager at han ryster på hænderne, da han nipper til vinen. Forsigtigt stiller han glasset tilbage på bordet. Hun vár smuk engang! Det var dengang hun var gift med Sturmbannführer[5] Waldmann. De blev gift kort før de allierede pressede den tyske hær ud af Italien, husker Leitner. Få dage efter de allieredes fremrykning, blev Waldmann skudt af en amerikansk soldat.

Ved det andet bord er en fødselsdag godt i gang. Et lille selskab på ni tyrolere. Syv aldrende pensionister og to yngre damer. De snakker om Mussolini, og er enige om, at det ikke havde været nogen fordel for Tyskland, at Hitler indgik et samarbejde med Mussolini i 1936.

Leitner følger opmærksomt det scenarie, der udspiller sig. Fødselsdagsselskabet, der har et par af verdens værste diktatorer på dagsordenen og Frau Waldmann, der sidder alene i sin egen lille verden og studerer dagens nyheder.

Leitner tænker tilbage på barndomsårene i Würzburg. I 1943, 19 år gammel og stadig hjemmeboende, blev han indkaldt af Wehrmacht[6]. Han skulle gøre tjeneste i Norditalien fra den 1. september. Hans mor og far havde en mening om, at Tyskland ikke ville vinde Hitlers krig, men det var ikke noget, de talte om og slet ikke med fremmede. Mussolini var blevet afsat af kongen den 25. juli, og man indgik kort efter en våbenhvile med de allierede, der indebar Italiens kapitulation.

Leitners første dag i krigszonen startede med en briefing af de fire delinger på 200 mand. Det var den 8. september 1943. Efterårssolen bagte, der var en underlig stilhed, og stemningen var anspændt. Leitners kompagni, som var en del af den 98. infanteridivision, var blevet beordret retur fra Syditalien efter at have assisteret med at evakuere den tyske garnison over Messinastrædet[7]. Efter sigende havde det været en succeshistorie, eftersom mange Wehrmacht-soldater var blevet reddet fra at blive taget til fange af de Allierede. Leitner erindrer, hvordan man dengang talte om, at evakueringen måtte have været et nederlag for de allierede, eftersom deres flåde- og flystyrker var tyskernes langt overlegne.

Omtalte briefing fandt sted lidt nord for Milano. Alle blikke var rettet mod den unge Sturmbannführer Waldmann. Han brød tavsheden og brølede ud over pladsen: ”General Eisenhower har offentliggjort, at den italienske hær har kapituleret. Feltmarskal Kesselring[8] har givet ordre til at den tyske hær med det samme iværksætter Operation Achse. Vores mål er at afvæbne den italienske hær”.

Leitners tankeflugt bliver afbrudt, da fødselaren bliver opmærksom på Frau Waldmann. En lille trind dame rejser sig møjsommeligt og går over til hendes bord. ”Godaften Frau Waldmann”, siger hun. Frau Waldmann bliver siddende, hilser høfligt og spørge interesseret til fødselaren.

"Jeg takker Dem hjerteligst. Vi sad netop og snakkede om de gode gamle dage," svarer hun. "Jeg har altid været ked af, at det gik, som det gik", bedyrer Frau Waldmann erklærende.

Igen fører stemningen Leitner tilbage til krigen. Han tænker på, hvor mange af de gamle, der er tilbage, der stadig deler Frau Waldmanns syn på fortiden. I krigsårene var der mange, der i det skjulte bakkede op om det, der foregik. Mange havde for vane at kigge den anden vej og efter krigen, nægtede de ethvert kendskab.

Leitner erindrer, hvordan hans division kun mødte spredt modstand. På blot få dage lykkedes det at opnå kontrol og at afvæbne den italienske krigsmaskine. Allerede inden udgangen af september havde en lille halv million overgivet sig til den tyske Wehrmacht. Alle tilfangetagende blev transporteret til Tyskland og benyttet som tvangsarbejdere. Leitner husker miseren, da hans niece senere blev gift med en italiener. Det var lidt af en hovedpine i begyndelsen. Brudens far havde nemlig været tvangsarbejder i Tyskland. Han beskrev senere de kummerlige forhold, som han havde oplevet dem. Leitner følte sig flov på det tyske folks vegne.

"Efter tilfangetagelsen blev jeg sammen med 45 andre stuvet sammen i en lastbil, som var vi dyr. Transporten til interneringslejren varede otte dage, og vi fik hverken vådt eller tørt. Fra lejren blev vi hver dag transporteret fem timer til arbejdslejren, hvor vi arbejdede tolv timer af gangen. Til sidst vejede jeg 35 kg og kunne dårligt løfte mit arbejdsredskab. Chefen for fabrikken var endda en af de bedre tyskere. Det er derfor, jeg overhovedet overlevede. Han beskyttede os fanger så godt, han kunne."

Frau Waldmann betaler og lægger lidt ekstra. Tjeneren takker ærbødigt, og hjælper hende i overtøjet. Et kort øjeblik får Leitner øjenkontakt med fruen. Hendes reaktion er umiddelbart akavet; det er som om, hun bliver desorienteret eller måske snarere beklemt. Hun er givetvis ikke bevist om, hvem Leitner er. Hun sender ham et usikkert smil, hilser høfligt og går langsomt ud af restauranten. Hvad der forgik bag hendes tykke sygekassebriller i det korte øjeblik, er en gåde for Leitner.

Leitner fortsætter med sine erindringsbilleder. I forbindelse med afvæbningen af Norditalien, blev Leitner lettere såret og sendt til Bolzano til genoptræning. I november 1943 blev han beordret til at hjælpe med at etablere en transit fangelejr i området. På grund af de Allieredes fremrykning, havde man besluttet at nedlægge interneringslejren i Fossoli[9] og i stedet etablere en opsamlingslejr i Bolzano. Den kom til at hedde 'Polizei- und Durchgangslager Bozen', og skulle være operationel fra sommeren 1944.

I dag er der ingen spor af lejren. Der er for længe siden bygget på grunden. En mindesten fortæller om de 15.000 fanger, der passerede lejren på vej til blandt andet Dachau og Auschwitz. Leitner undrede sig i starten over den hensynsløshed, der eksisterede over for fangerne. Om det var en politisk fjende, en partisan, en der ulovligt havde lyttet til Radio London, en jøde eller en sigøjner var ligegyldigt. De blev alle dømt den strengeste straf.

Enhver krigsfange lever i frygt, men heldigvis var de færreste fanger uvidende om de ubeskrivelige rædsler, der ventede dem. En afskyelighed og en ondskab der, den dag i dag, må høre til et af de mørkeste kapitler i verdenshistorien, tænker Leitner.

I begyndelsen var Leitner uvidende om hvilke grusomheder, der fandt sted i hans fædreland. Det var åbenbart, at der foregik noget, men det stod hurtigt klart, at han ikke skulle stille spørgsmål. I oktober 1944 besøgte Sturmbannführer Waldmann 'Polizei- und Durchgangslager Bozen'. Han var tilfreds med det, han så. Det virkede som om, han var lettet over, at han nu kunne videregive en positiv melding til højere sted. Da han skulle køre, stod Leitner ved hans sorte Mercedes og holdt døren for ham. Leitner overhørte en kort samtale mellem Waldmann og lejrkommandanten. En ordveksling der skulle forfølge ham resten af livet:

"Det er et ynkeligt syn," erklærede Waldmann, mens han kiggede ud over fangerne.

"Vi får snart ryddet op, Herr Sturmbannführer," forsikrede *lejrkommandanten.*

"Godt!" Waldmann smilede tilfreds: *"Heldigvis vender de aldrig tilbage."*

"Heil Hitler!"

"Heil Hitler!".

I dette øjeblik, det gik op for Leitner, hvad det var, det tyske folk havde på samvittigheden. Inden dagen var omme havde han truffet sin egen beslutning. Den 25. oktober 1944, i ly af mørket, flygtede Leitner op i bjergene. I syv måneder var han jaget vildt. Flere gange var han ved at blive pågrebet, men han overlevede mirakuløst dermed krigen.

Leitner betaler og forlader restauranten, påvirket af de ubehagelige minder, han troede, han havde fortrængt, men som nu væltede frem. Og hvad mente Frau Waldmann, da hun sagde, at hun havde været ked af, at det gik, som det gik? Det burde være uendelig ligegyldigt, og dog er han ganske nysgerrig.

Leitner går langsomt hjem.

Langt de fleste ugerninger fører til, at den skyldige straffes. Desværre er det ikke ensbetydende med en følelse af skam. En afstumpet Nazi-forbryder udtrykte samvittighed efter års fængsel, for dermed at fremskynde sin egen løsladelse. Efterfølgende, da han opnåede sin frihed, trak han angeren tilbage.

Johannes, Bologna

Den anden historie fra støvlelandet

Ferminas dagbog

Morgensolen står dekorativt i Po's vandspejl, mens floden langsomt flyder forbi mine fødder. Det er tidligt, men alligevel 22 grader. En blid nordlig brise fører den velkendte duft af sommer med sig. Jeg sætter mig på brinken, mens jeg prøver at forholde mig til min egen virkelighed. I to år har jeg arbejdet i min fars smedje inde i Occhiobello. Han har store forventninger til at jeg, som eneste søn, skal overtage forretningen. Siden jeg mistede min storesøster for 10 år siden, har jeg imidlertid tumlet med tanken om at studere jura. Det ligger mig stærkt på sinde med tiden at kunne medvirke til at få de folk dømt, der begår livets værste ugerninger. Jeg er nødt til at fortælle min far, at jeg har søgt ind på jurastudiet i Bologna. Det vil komme som et chok, og der vil blive en farlig ballade. Men jeg er 24 år. Det er nu eller aldrig.

Jeg slentrer tilbage mod mine forældres lille landsted umiddelbart uden for byen. Det er en stor dag i dag. Først og fremmest er familien samlet for at lykønske min lillesøster Paola med hendes førstefødte. Selvom min far helst havde set et drengebarn, så har han overgivet sig fuldkommen til den lille pige. Det er i dag den 7. juni 1953. Så ud over vores familie-begivenhed, har Italien igen fået ny Premierminister. Vi må se, hvor længe Giuseppe Pella[10] får lov at sidde på taburetten. Mine tanker bliver afbrudt af min mor: "Marco, vil du være sød at sætte den lyserøde sløjfe[11] ud på porten."

Paola ligger i den store seng inde i mine forældres soveværelse. Jordemoderen er for længst gået. Alt er forløbet, som det skal. Paola og lille Gabriella er sunde og raske. "Jeg bliver trist, når jeg tænker på, hvad Fermina går glip af," siger min søster og fortsætter. "I år ville være fyldt 25. Så havde hun haft sin egen familie og ville have været her i dag." Tårerne triller ned ad kinderne. Jeg tøver med at sige noget. Jeg ved simpelthen ikke, hvordan jeg skal få italesat min egen frustration. "Vidste du, at Fermina skrev dagbog," spørge Paola pludselig. Jeg ryster på hovedet. Hun hiver en lille slidt bog frem fra dynen. "Den har ligget ved min side under fødslen, og den gav mig styrke. Jeg følte, Fermina var til stede." Jeg rækker ud efter den og begynder at bladre. Den side af Fermina kendte jeg ikke. "Må jeg læse, eller jeg mener, tror du, Fermina ville have noget imod, at jeg læser i den," spørger jeg nysgerrigt.

Der er et par timer til, at den øvrige familie kommer. Jeg tager bogen og sætter mig ned i grøftekanten under det store oliventræ. Jeg begynder ved Ferminas sidste fødselsdag. Den dag hun blev 15 år.

12. februar 1943

Så blev det endelig min fødselsdag. Det er fredag. Efter skole kommer mine fætre og kusiner. Jeg glæder mig. I aften skal vi spise Polenta[12] med svampe, som min far har samlet. Han har byttet to kyllinger med nogle tyske soldater, så vi kan få kaffe og chokolade. De er så flinke de tyskere.

18. februar 1943

Far har besøg af en tysker med chauffør. Hans uniform ser helt ny ud, og han synes, jeg er sød. Bagefter rydder far op i sidebygningen. I næste uge skal der bo fire tyske soldater, siger far, og vi skal opføre os pænt.

22. februar 1943

Jeg har aldrig før set sådan en mærkelig bil. Den kunne næsten ikke vende på gårdspladsen. Baghjulene havde bælter. På ladet sad en masse soldater. De fire, der skulle bo hos os, sprang ned og hilste venligt. Så rumlede den store bil af sted igen. Stilhed. Jeg var ikke klar over, at soldater kunne være så unge. Den ene er ret sød.

23. februar 1943

Det er svært at forstå, hvad de tyske soldater siger, så jeg må bruge tegn og fagter. Ved frokosttid kom den ene tysker ind i køkkenet til mor. Han havde fyldt sin hjelm med æg. Mor sagde, at han måtte være meget sulten.

24. februar 1943

I dag hjalp de tyske soldater far ude i marken. Jeg tror, de kunne lide det. Senere brugte de lang tid på at pudse deres sorte støvler. Der dufter af læder, når der er tyske soldater i nærheden, siger min far.

26. februar 1943

De virker så renlige de tyskere. Jeg spurgte mor, hvad det var, de brugte, når de vaskede hænder. Der var både en fast klump og noget flydende. Mor sagde, at det var noget, de havde med hjemmefra. Far sagde, at det var en slags sæbe. Med alvor sagde han, at han havde hørt, at det var lavet af menneskefedt. Men det var ikke noget, vi måtte snakke med tyskerne om. Menneskefedt. Det forstår jeg altså ikke.

28. februar 1943

I dag er sidste dag med vores tyske venner. I morgen skal de videre. Mor har dækket op ved det lange bord ude i haven. Hun har stillet polentaen frem. I dagens anledning får vi lov til at tage et ekstra stort stykke. Vi gnider polentaen med en sardin. Det giver god smag, siger far. Den lille tysker med fregner begyndte at græde, og mor trøstede ham. Han viste os et billede af sin familie med forældre, søskende og bedsteforældre. "Mein familie ist kaput," hulkede han.

Jeg husker den søndag i 1943, som min søster omtaler i dagbogen. Den fregnede tysker og hans ven fortalte om bombardementer i Hamborg. Hele byen havde stået i flammer. Det var ikke til at begribe. Dengang var vi glade for, at tyskerne var vores venner.

Jeg springer lidt videre i dagbogen.

10. april 1943

Jeg er så sulten.

16. maj 1943

I dag er det lusedag. Vi skal side på en lang række, bag hinanden, og kæmme håret på den foran. Det er hurtigere på den måde, siger mor.

3. juli 1943

Jeg har tit ondt i maven. Mor siger, det er sult. Vi er altid sultne.

10. juli 1943

Tyskerne er elegante deres flotte uniformer. I dag så jeg tre tyske soldater bade i floden. Det var mærkeligt. Uden tøj ligner de os andre. De er bare så blege.

24. august 1943

Mors søster kom tilbage fra politistationen i Ferrara. Luisa var blevet taget i at stjæle mad, sagde mor. Men efter at hun beklagede sin nød og lavede et farligt spektakel, havde de bedt hende om at gå.

14. september 1943

Far siger, tyskerne ikke længere er vores venner, og at vi skal passe på, hvad vi siger. Jeg forstår det ikke. Jeg kan se på far, at han er bange, så det er alvorligt.

30. oktober 1943

Sult. Sult. Sult.

1. november 1943

Først er tyskerne vores venner. Så er de vores fjender. Nu opfatter de os som forrædere. Far siger, vores nye venner er amerikanere, englændere og russere. Men vi skal stadig passe på. De er nemlig sure, fordi vi engang var venner med tyskerne. Jeg forstå ikke noget.

Jeg springer frem til slutningen.

10. september 1944

I dag fik vi besøg af soldater med en helt anden uniform. De talte et mærkeligt sprog. Far sagde, det var russere. De behandlede os ikke pænt, og de stjal alt, hvad de kunne bruge. Jeg kunne meget bedre lide tyskerne.

21. september 1944

Jeg mødte amerikanske soldater i dag. De var ret beskidte. Men de var sjove og smilende. Jeg tror aldrig, de har set et toilet[13] før. En af dem bukkede sig ned for at skylle sine hænder i vandet.

28. september 1944

Det bliver sjovt at se min kusine. Vi har det godt sammen. Jeg skal bo hos hendes familie i Marzabotto hele ugen. Mine ting èr pakket. Jeg glæder glæder glæder mig.

Her slutter Ferminas dagbog. Mens jeg går op mod huset, genkalder jeg mig tragedien i Marzabotto[14]. Tyske soldater der systematisk havde likvideret en masse uskyldige mennesker. Stakkels Fermina. Hun besøgte sin kusine på det forkerte tidspunkt.

Walter Reder[15] blev dømt livstidsfængsel for to år siden. Men hvad med de andre bødler, der deltog i denne ugerning. Jeg fyldes med vrede, når jeg tænker på, hvad det tyske folk har på samvittigheden.

Juraen er mit kald!

Mangfoldighed bidrager til en perfekt verden, hvis den vel at mærket findes. Det bliver tydeligt, når humoren bringes på banen. Pudsigheder, ordvekslinger og kulturelle forskelle kan få smilene frem.

Johannes, Tropea

Den tredje historie fra støvlelandet

Langt væk hjemmefra

Den lyshårede og blege Frederik er netop ankommet til Rosignano Marittimo i Toscana. Han er 26, ugift og montør i et dansk køkkenfirma. Med tre store monteringsopgaver i ordreposen, skal han være i Italien i april og maj. Frederik er ikke tryg ved situationen, men har accepteret udfordringen. "Det skal nok gå, min dreng. Husk, at vi alle ler på samme sprog," havde hans mor opmuntrende sagt, da han steg ind i kassevognen hjemme i Valby.

Laurits er dansker og bosiddende i Livorne. Han istandsætter antikke boliger og handler med ejendomme i lokalområdet. Blandt andet har han en mindre bolig til salg i samarbejde med en herværende mægler ved navn Massimo. Huset har været til salg i flere år og står tomt. Laurits foreslår derfor Massimo, at Frederik kan leje huset, mens han udfører sit arbejde med køkkenmonteringerne. "Det ser jeg ingen problemer i," bedyrer Massimo. To dage før Frederik ankommer til Italien, kører Laurits forbi Massimo for at hente nøglen. "Huset er solgt," svarer Massimo kort for hovedet. "Massimo vi har en aftale med en dansk håndværker, der har lejet huset i to måneder. Han kommer om to dage," presser Laurits insisterende. "Det er meget muligt, men huset er solgt!" Massimo svarer utålmodigt og viser med al italiensk tydelighed, at samtalen er slut. Fandens til facon, tænker Laurits, da han som så mange gange før erfarer forskellen på dansk og italiensk forretningsetik.

Frederik erfarer ikke selv den panik, der få dage forinden, havde hersket hos Laurits. En overnatningsmulighed kom heldigvis i stand i ellevte time på initiativ af Laurits italienske kone. Hendes kusine "tryllede" et værelse frem hos sine forældre.

De første dage sætter Frederik af til at blive dus med det lokale miljø, og den for ham helt nye kultur. Dernæst vil han skabe sig et overblik i forhold til de tre villaer, hvor køkkenerne skal monteres. Inden da skal han have fat i nogle småting, som han ved, han mangler. Det mest nærliggende, ifølge Laurits er, at tage til ind til Livorno. Der er et stort byggemarked. Frederik lader kassevognen stå på gården, hvor han skal bo det næste stykke tid. Mamma gestikulerer med fagter, at der går en bus, og at den kører direkte ind til centrum. Stoppestedet finder han hurtigt, men der er hverken hoved eller hale i bustiderne. Da Frederik endelig står i bussen, tager han mod til sig, og med sin turistguide i hånden, beder han om en køreplan. "Hvad vil du med en køreplan?" råber chaufføren, mens han slår ud med armen. "Der kommer en bus til om ti minutter!"

Den første arbejdsdag går godt. Efter morgenmødet går alle i gang med hver deres fagområde. Italienerne arbejder langsomt, men de kan deres kram, tænker Frederik. Han kan mærke en stor passion for deres håndværk. Effektivt tjekker han, at det leverede køkken stemmer overens med det, der er bestilt hjemmefra. Tres flueben fuldender kontrollen. Nu ser Frederik forundret til, mens de fire italienske håndværkere gør klar til frokost. Klokken er et, og et par tomme kasser bliver til anretterborde. Forskellige små retter stilles frem. Frederik følger optrinet, mens han står op af køkkenskabet og pakker sin håndmad ud af et stykke sølvpapir. Italienerne virker veltilpasse. De griner, snakker og studerer "den danske frokost", mens de sætter tænderne i grillede aubergine, solmodne tomater, mortadella, små panini og frisk frugt. Efter tyve minutter begynder Frederik igen at rette sin opmærksomhed mod køkkenelementerne og glemmer "den italienske frokost". Da Laurits dukker op, spørger den ene, hvad det er, Frederik spiser til frokost.

Laurits forklarer om den danske tradition, om de korte arbejdsdage, om alt det der SKAL nås inden fyraften og om den typiske, danske håndværkerfrokost, de netop har været vidne til: En klap-sammen-mad af to stykker mørkt brød med for eksempel postej, forskellige slags pølser eller frikadeller af svinekød eller fiskefars. Den lille italiener er et stort spørgsmålstegn. "Hvor er det sørgeligt. Det kan ikke være sundt. Jeg tror ikke, han bliver særlig gammel," siger han med sympati i øjnene.

Dagene går. Frederik sørger for sin køkkenmontering, og de italienske håndværkere passer deres. En stor ru og knoldet endevæg i køkkenet skal pudses. Der gøres klar til, hvad der ligner en umulig opgave. Nogle dage senere står den pudsede væg som et ikon. Frederik har aldrig set noget lignende. "Molto, molto bello lavoro!" Frederik forsøger sig med nogle rosende ord på italiensk. Mureren, der har stået for pudsearbejdet, takker mange gange og udsætter Frederik for en længere talestrøm. Frederik fatter ikke en bjælde. Efter en rum tid går det dog op for ham, at mureren prøver at invitere Frederik med til en familie-kom-sammen. Frederik takker med et smil, og mærker en uro i kroppen, der brede sig.

Laurits forklarer dagen efter, at italienske håndværkere er blandt de bedste i verden på dette område. Det at pudse på den rigtige måde, med de rigtige materialer er en separat uddannelse inden for murefaget i Italien.

Det er fredag, og Frederik skal ud for første gang. Han ved endnu ikke, hvad han kan forvente, eller hvad der forventes af ham. Han tager sine pæne jeans på og drager af sted på sit første italienske familiebesøg. Det lange bord ude på gårdspladsen minder øjeblikkelig Frederik om en italiensk film. Mamma skiftevis råber og traller inde i huset. I baggrunden prøver en hane flittigt at holde sammen på sine høns. Der er en god stemning. Alt virker så ukompliceret, tænker Frederik. Bordvinen er stillet frem. Hver sørger for sig selv. De små rustikke vaser, uden blomster, der står ved hver kuvert, undrer Frederik. Senere, da grappaen kommer på bordet, finder han ud af, hvad "vaserne" skal bruges til. Frederik tænker tilbage på de fine glas med stilk, de serverede grappa i, da hans fætter fejrede sin tredive års fødselsdag på Restaurant La Vichi Signora i København. Frederik kan lide Italienernes uhøjtidelige og ustressede tilgang til tingene.

Ved siden af Frederik sidder Manuella. Det er ikke nemt at kommunikere med hende og slet ikke, da han mærker en umiskendelig tiltrækning. Manuella virker tilmed flirtende. Hen under aftenen tager Frederik mod til sig og spørger, om han må invitere Manuella på café. Det vil hun gerne. De laver en aftale, mens det øvrige selskab skåler og pifter opmuntrende. Sent på aftenen er der stadig en del vin på flaskerne. Frederik hælder op og med tegnsprog, lader han Manuella forstå, at flaskerne ville have været der, hvor han kommer fra. "I danskere er kendt i hele Europa for at drikke meget. I Italien er det pinligt at blive beruset. Når en person får for meget at drikke, mister han eller hun kontrol og dømmekraft. Det bliver betragtet som et svaghedstegn." Manuella smiler kærligt til Frederik, da han sætter sit glas på bordet.

En lille uge senere mødes Frederik og Manuella uden for Café Rossina. Klokken er elleve, og det er lørdag formiddag. "Caffè latte?" Spørger Frederik. "Si, grazie," svarer Manuella med et smil. Frederik går kækt op til disken og siger, som han er vant med, når man bestiller Caffè latte i Danmark: "Due Latte!" Tjeneren takker og gør tegn til, at han vil komme ned med drikkevarerne. Fem minutter senere kommer tjeneren med to glas varm mælk. "Hvad er det, du har bedt om?" fniser Manuella.

Manuella er en moderne, handlekraftig italiensk kvinde, og hun begynder at se mere til Frederik. "Skal vi ikke tage en weekendtur i forbindelse med Påsken?" fritter hun sin danske date et par uger senere. Frederik bliver hylet ud af den og svarer tøvende. "Men det er påske på torsdag!" "Si, si," svarer hun med et smil og fortsætter. "Vi tager flyveren til Palermo og køre ned til Trapani. Jeg har familie i området." Fredrik mærker igen uroen brede sig i kroppen og føler, der er hundrede ubesvarede spørgsmål. "Er det et ja eller nej?" presser Manuella. Frederiks bekymringsgen er i høje omdrejninger, men han vælger at tage springet og kvitterer med et ja. Et par søvnløse nætter senere, er han ved at tilpasse soklen på kogeøen, da mobiltelefonen ringer. Det er Manuella. "Ciao Frederik, nu har jeg bestilt. Afgang onsdag aften, hjemkomst søndag formiddag." Frederik farer sammen. "Jamen hvor skal vi bo?" spørger han, idet han frygter, at han allerede kender svaret. "Det finder vi ud af. Ciao." Hun ringer af.

"Danskere kan vist lide at planlægge," siger muresvenden leende, da Frederik stirrer tomt ud i luften. "Her Frederik, smag et stykke bøffelmozzarella, det vil gøre dig godt," griner han. Frederik nyder en intens og smagfuld godbid. Frederik prøver at sætte ord på sin begejstring, men snubler over ordene: "Jeg kan lide mozzarella di bufalo." "Ahhh Fredrik! Det staves med et 'a'. Husk på det er fra en ko. Lyt godt efter: Mozzarella di bufala. Mozzarellaen er heldigvis ikke lavet på tyrens "mælk!" Håndværkerne griner højlydt.

"Har du fundet ud af hvor vi skal sove?" spørger Frederik i flyveren på vej til Palermo. "Nej," siger Manuella ligefremt. "Jamen hvad gør vi? Vi skal vel have fundet et sted at bo!" Frederik er usikker. Manuella svarer resolut. "Hvad er der med dig? Tag det roligt. Det ordner vi, når vi kommer frem." Ved ankomsten til Palermo lejer de en Fiat Punto. Manuella kaster nøglerne til Frederik. "Du kører," kommanderer hun, idet hun finder sin telefon frem. "Ciao Tomaso," nærmest råber hun ind i telefonen. Hun snakker som et vandfald og griner, mens hun fra tid til anden smiler kærligt til Frederik. "Det var min fætter," fortæller hun bagefter "Vi skal bo hos hans familie i Trapani de næste to dage." "Hvad så med de sidste to overnatninger?" Vil Frederik vide. "Det finder vi ud af," svarer Manuella prompte.

"Manuella, jeg har talt med Fiona," udbryder Tomaso, mens de sidder om det runde bord og nyder en omgang pasta med alt godt fra havet. "Du skal ringe til hende. Hun vil gerne hilse på dig."

Manuella orienterer Frederik: "Det er en god veninde til min tante. Hendes familie bor på øen Favignana[16], der ligger ud for Trapani". Sidst på dagen går Frederik og Manuella en tur langs stranden. Bare tæer i det varme sand føles godt, og himmel og hav i blå nuancer giver en smuk kulisse. "Jeg må hellere ringer til Fiona!" Manuella griber mobilen. Endnu en samtale med lange orationer, ivrige armbevægelser og latter. Bagefter fortæller hun ivrigt.

"Nu kan du slappe af. Vi skal bo hos Fiona de sidste to dage. Er du så glad?" Hun smiler kærligt.

"Så må vi hellere se at få bestilt den færgebillet," ryger det ud af Frederik. Han slår en latter op. Lige med et kan han høre sig selv.

"Nej nej nej, det finder vi ud af!" skynder han sig at tilføje.

"Netop! Se, du er ved at blive italiensk. Det kan jeg lide!" Manuella kysser ham.

Frederik slapper af. Han er begyndt at føle sig som en fisk i vandet.

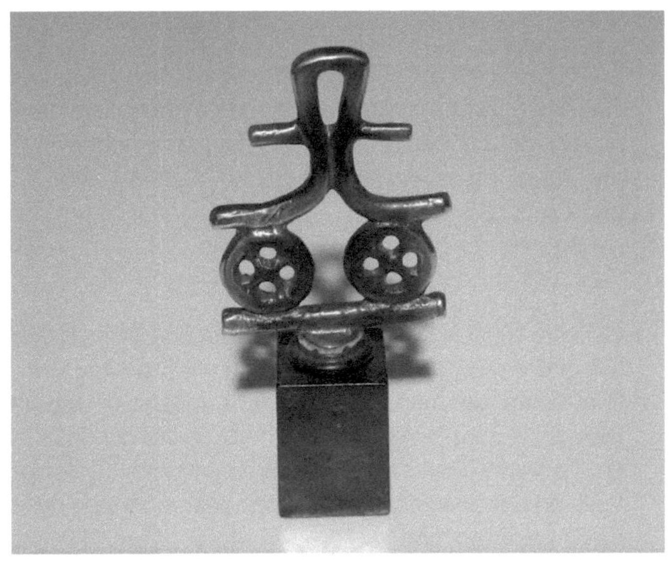

Drømme gør livet værd at leve. I en velstand glæder vi os med en forhåbning, eller måske endda formodning, om at vi opnår det, vi går og drømme om. Under trange kår er det ofte drømmen alene, der er drivkraften. Men en drøm kan holde modet oppe trods vanskelige forhold.

Johannes, Napoli

Den fjerde historie fra støvlelandet

Drømme

Gabriele Salvatori har fået anvist mellemste køje i et tarveligt område for ugifte mænd. Han er fuld af forhåbninger men anspændt, mens han står på dækket og følger aktiviteterne på kajen. SS Letimbro kaster sine fortøjninger for at påbegynde den lange rejse fra Palermo over Atlanten til New York. Det er den 28. oktober 1889.

Gabriele er 19 år gammel og opvokset i Ragusa på Sicilien. Det er drømmen om et bedre liv i Amerika, der har fået ham til at spare sammen til sit livs store rejse. Den nærmeste familie har store forventninger til ham, og alle har de bidraget en lille smule i deres ellers stramme økonomi. Et tæppe fra tante og onkel, en gaffel fra bedste, et krus fra olde og et lille beløb fra far og mor.

Fire millioner italienere, svarende til en ud af seks, har så lidt penge, at de end ikke har mulighed for at forbruge. En gang om året er der råd til kød, sukker og vin. Gabrieles far er arbejdsmand og tjener elleve tusinde Lire om måneden. Han skal arbejde ti timer for at kunne købe et dusin æg. Gabriele forlader et fattigt Italien. Men i Amerika er det anderledes, og han ser en lys fremtid i mulighedernes land, langt væk fra sult og fattigdom. Som jordbruger skulle der være gode muligheder i dette nye land, alle taler så meget om. Gabriele har lært meget af sin far, og han har allerede talent for håndværk og ved noget om at opdyrke jorden.

Rejsen over Atlanterhavet er lang og ubehagelig. Det er noget nær det værste, han har oplevet. Dårligt vejr, kvalmt, overfyldt og ildelugtende kahytter er en del af prisen for at nå sin drøm, tænker han. Immigrantstationen[17] i New York er heller ikke nogen rar oplevelse. Men efter mange kaotiske og ydmygende dage, er han trods alt en fri mand. Der er flere alternative ruter videre fra New Jersey, og Gabriele slår sig sammen med andre håbefulde. De drager sammen vestpå til St. Louis, som er den fjerde største by i landet. Seksten drøje dage senere er de fremme. Der er få prioriteter til at starte med. Det handler alene om at få noget at spise, at finde et sted at sove og at skaffe sig et arbejde.

Følgeskabet tager afsked med hinanden i St. Louis, og Gabriele fortsætter til en adresse, han har fået opgivet hjemmefra. Han har i det mindste tag over hovedet og kan koncentrere sig om at finde et arbejde. Gabriele deler et kammer med fem andre italienere, der alle kom til St. Louis sidste år. Det, de fortæller, er foruroligende, men Gabriele holder ubøjeligt fast i sin amerikanske drøm. "Det bliver snart godt alt sammen," understreger han gang på gang. Lorenzo, der ligger til højre for ham på det lille hummer, arbejder på St. Louis Railroad[18]. "De søger folk. Det er *Cotton Belt ruten* som skal gøres færdig," forklarer Lorenzo. Dagen efter får Gabriele ansættelse på St. Louis Railroad. Hårdt arbejde, lange arbejdsdage og kummerlige forhold, bliver Gabrieles hverdag indtil videre. "Gateway to the West" hører han andre forhåbningsfulde bosættere sige. Det er især dem, der besøger St. Louis på langfærd ad landevejen, floden eller jernbanen.

Der er to ting, der gør særlig indtryk på Gabriele. Det ene er en markant og rytmisk musik, som de farvede spiller. Det andet er den åbenlyse forskelsbehandling af mennesker med en anden hudfarve. Gabriele og hans venner debatterer ofte den dag i oktober 1890, hvor en politimand blev slået ihjel på en bar i St. Louis bydelen, Deep Morgan. Gabriele og flere arbejdskolleger var på gerningsstedet og så, hvem der stod bag drabet. Ikke desto mindre blev politimanden James Brady stolt fremhævet i medierne, da han havde anholdt den afrikanske sanger, Harry Duncan. Duncan blev efterfølgende uskyldigt anklaget. Ingen turde gribe ind af frygt for konsekvenserne. Der er ikke meget positivt, at skrive om, tænker Gabriele, da han gennemlæser brevet til sine forældre.

"….. mine kære forældre, jeg ønsker ikke at gøre jer ulykkelige eller bekymrede, men jeg har besluttet at drage længere vestpå, så snart der er en mulighed. Det bliver måske til næste år eller året derefter. Jeg oplever her, hvordan børn af vores indvandrere lever og leger i et betændt miljø fyldt med sygdom og korruption. Feber, tuberkulose og væmmelige infektioner er en del af hverdagen… "

Missouri, St. Louis, 1891.

Girolama sætter den store kæde på hoveddøren. Hun tager afsked med venner og bekendte og kravler op på den lille kærre. Naboen skubber den gamle kuffert ind på ladet og lægger bylten ved siden af. Herefter starter den lange rejse. Først en anstrengende tur med kærre til Napoli, derefter over Atlanterhavet til New York og endelig videre til St. Louis.

Girolama Antonizzi er ved at finde sig til rette i "jomfruburet" på nederste dæk, da SS India den 31. december 1892 stævner ud på åbent vand. Napoli fortoner sig i det fjerne. Girolama er 21 år gammel. Hun har for stedse sagt farvel til sit barndomshjem i Cropani i Calabrien. Begge hendes forældre er døde. Hendes mor døde af sygdom i 1889 og hendes far året efter af de kvæstelser, han pådrog sig efter at være blevet sparket i hovedet af en hest. Hendes lillebror og fire yngre søstre døde alle i barselssengen. Som den eneste tilbageværende i Italien har hun fået stor hjælp af sin mors kusine. Girolama vil nemlig starte en ny tilværelse i Amerika sammen med sin storebror Carmelo, der drog af sted i 1891. Girolamas barndomshjem har der ikke været købere til. Kun gennem venners hjælp og salg af indbo, har hun haft råd til rejsen. Ejendommen har hun måtte efterlade, som den er.

34

Girolama ankommer til Ellis Island[19] i New York den 3. februar 1893; St. Louis i slutningen af februar 1893. Det er en stor glæde at gense Carmelo. Girolama bliver snart utryg, da det går op for hende, at den nye verden ikke er det glansbillede, hun havde drømt om. Fattigdom, forurening, snavs, sygdom og en ubehagelig forskelsbehandling bliver også hverdag for Girolama. Carmelo introducerer hende til en italiensk familie fra Tropea, som driver en systue med 25 ansatte. Der kan hun begynde med det samme. Selv om lønnen er beskeden og arbejdsdagen umenneskelig, giver det mad på bordet.

Lørdag den 18. oktober 1894 bliver Gabriele opmærksom på Girolama. De mødes tilfældigt ved en sammenkomst i det italienske miljø. Hun er nu 24 år gammel, og han er 25. De snakker om deres farvel til Italien, om strabadserne med at komme til Amerika og de udfordringer de står overfor. Der er en god kemi imellem dem. Gabriele er ramt af Amors pil.

Året efter lyder bryllupsklokkerne, og snart er Girolama gravid. Men glæden er kortvarig. Girolama aborterer, da hun er to måneder henne. St. Louis er et forfærdeligt sted at bo, og det nygifte par beslutter at prøve lykken et andet sted. I 1895 drager Girolama og Gabriele sydpå mod Sunnyside[20] i Arkansas. De får begge ansættelse i bomuldsproduktionen. Lønnen er lav, men et løfte om deres eget jordlod efter 22 års ansættelse, giver atter grobund for de oprindelige drømme. I 1896 dør ejeren af bomuldsplantagen, og de står igen uden arbejde. Da Girolama og Gabrieles erfaring med bomuldsproduktionen stadig er begrænset, og prisen på bomuld er faldende, tøver de med at fortsætte på egen hånd. Desuden er kampen mod malaria endnu ikke vundet, eftersom det ikke er lykkedes med en effektiv dræning af området.

Onsdag den 2. maj 1897 sidder en trist Gabriele ved sin hustrus side. Stilheden i den lille stue er fortættet. Ingen føler trang til at sige noget. Girolamas førstefødte, der skulle være døbt Laura efter hendes bedstemor, ligger på et lille bord til højre, dækket af et tæppe. Det var en hård fødsel, og Girolama har mistet meget blod. Efter mange pinsler og vanskeligheder, har hun ikke meget at stå imod med. Gabriele er synderknust, da han mærker sin elskedes sidste suk.

I sorgen over tabet af Girolama og afkræftet af malaria, bliver Gabriele i løbet af efteråret 1900 gradvist svagere. I starten er det ikke alarmerende, men Gabriele er klar over, at det er alvorligt. Han når ikke at fejre sin 29 års fødselsdag, men sover stille ind den 22. oktober 1900. Gabrieles sidste notat i sin dagbog er fra den 1. september 1900, hvor han skriver: "Dem jeg traf på min rejse til Amerika for elleve år siden, havde de samme drømme som jeg. Vi troede, at vejene var belagt med guld, men de var belagt med store sten."

"Drømmen om Amerika!" Det var Gabrieles sidste ord, forkynder Pastor John, mens han giver ham den sidste salvelse.

Den 26. april 2011 står jeg i Cropani på et lille torv tæt ved den lokale kirke. Der er et fantastisk lys. I det fjerne glimter solen i Det Ioniske Hav. Jeg har afsluttet mine seks måneders italienske studier i Firenze, og jeg er på udkik efter en feriebolig i Calabrien. Der er finanskrise i Europa, og jeg vurderer, at det er et godt tidspunkt at købe fast ejendom på. Overalt på den politiske arena er der drama. Berlusconi har store problemer i Italien, og Danmark er midt i et regeringsskifte. Efter ti år ved magten er en nedslidt borgerlig fløj ved at miste pusten til rød blog. Jeg falder for et lille hus midt på torvet. Det er nærmest en ruin og ligner noget, der har været uberørt i menneskealdre. Men de andre byhuse, på henholdsvis højre og venstre side, er nyligt istandsatte, og jeg kan forestille mig, hvad denne perle i midten kan blive til. Jeg lader drømmene overtage scenen.

… to antikke gadelamper, en på hver side af bygningen. Facade i antik-pudset lys beige. Det rustne gelænder op til et lille udsigts-repos, er udskiftet med formet smedejern. Ornamenter og stuk er frisket op. Døre og vinduer i mahogni i den klassiske stil, erstatter det mørnede træværk. Belægningen foran er udskiftet med lokal granit, der matcher husets kulør. En perle i solen……

"Dèn vil jeg købe," siger jeg til mægleren og peger. Han har netop vist mig en bolig, på den anden side af kirken, som ikke har min interesse. "Det er desværre ikke muligt," forklarer han undskyldende. "Denne ejendom er et af mange huse i Italien, hvor den offentlige myndighed ikke kan spore efterkommerne til dem, der i sin tid udvandrede. Som loven er nu, kan huset derfor ikke sælges. Se engang!" Han leder mig hen til den gamle hoveddør. Døren hænger træt i hængslerne. En rusten kæde, der i de sidste hundrede år har beskyttet mod indbrud, er lige til pille af. Ejendommen er tom og støvet. Der er skummelt. Gad vide hvad der er blevet af dem, der udvandrede, tænker jeg, mens jeg drømmer. På væggen i den lille forstue hænger der et avisudklip, hjælpeløst indrammet. Jeg skal tæt på for at læse, hvad der står. Øverst på udklippet er der et billede af et oceanskib. Nedenunder står der SS India. Derunder en fartplan. Ud for den 31. december 1892 er der et lille kryds.

Mægleren følger mig hen til udlejningsbilen. Jeg skal tilbage til lufthavnen i Crotone og retur til Danmark for at genoptage mine forpligtelser. "Jeg er ked af, at De ikke fandt det, De søgte," beklager mægleren. "Tænk ikke på det. Måske er næste gang lykkens gang," siger jeg opmuntrende. I det jeg triller af sted, rækker jeg armen ud af vinduet og råber:

"Drømmen om Italien!"

En krigsveteran fra 1. Verdenskrig berettede med gru i stemmen om krigens rædsler. Paradoksalt nok ytrede han også disse ord: "Men jeg havde noget meningsfuldt at stå op til, og jeg følte, at jeg kæmpede for en god sag. Efter krigen, vendte jeg hjem til kaos og arbejdsløshed. Pludselig var der intet, der gav mening."

Johannes, Cervo

Den femte historie fra støvlelandet

Jagten på de røde koraller

"Iris Nobilis. De røde koraller er vores levebrød. Endnu engang har det umættelige hav taget af vores familier. Vi begræder de ti koralfiskere, der aldrig vendte hjem." En sørgmodig klang fra San Giovanni Kirken genlyder ud over Cervo.

Fredag den 22. april 1746, i smukt vejr, satte vi latinersejlene på vores fire fregatter for at møde seks andre fartøjer nogle timers sejlads fra Cervo. Da vi var blevet forenet på åbent vand ud for Alassio, lagde den samlede flotille kurs mod Sardinien. Jeg glædede mig til at gense min familie til oktober og deltage i Madonna del Rosario[21].

Tilbage i 1735 startede min far en forretning sammen med sin lillebror Giorgio. Jeg var for ung til at være med, men fik ansættelse i 1738. De begyndte med et skib, men hin dag i 1746 stod min far som ejer af tre af de fire fregatter. Han fungerede selv som skipper på den ene, mens Giorgio og jeg var henholdsvis skipper og bådsmand på de to andre.

Giorgio var en bemærkelsesværdig mand, som sjældent ytrede sig, men korsets tegn, det gjorde han mange gange om dagen. Han brugte lang tid på at velsigne al det materiale, vi skulle bruge i forbindelse med vores koralfiskeri. Han var meget troende. Det var næsten for meget af det gode, sagde min far. Giorgio yndede at underholde med, hvordan hans oldefar i begyndelsen af april 1664 havde valfartet den lange vej til Rom for at være til stede, da pave Alexander VII flyttede hoffet fra Vatikanet til det pavelige palads ved Monte Cavallo. "Hele livgarden var linet op på Peterspladsen," fortalte han gestikulerende. "Det var både den ridende garde med fløjlsklædte heste og den gående svejtsergarde. Efter et stykke tid kom paven ud. Han var klædt i hvidt og bar en karmoisinrød hue. Så gik han ind i kirken, hvor han stoppede ved et alter for at bede. Derefter fortsatte han til højalteret for endnu engang at bede". Giorgio blev bevæget, hver gang han fortalte historien.

Når vi skulle på togt, blev alle befalinger og anvisninger nøje registreret, og der blev udarbejdet lister, med alt det vi skulle have med på den lange rejse til Sardinien. Det var vigtigt, sagde far, at vi forstod instrukserne:

....omhandlende udgifter til kommission, afgifter, tilladelser, offerhandlinger til velsignelse af båden samt honorar til en erfaren regnskabsfører.

....omhandlende valg af besætning, som skulle håndplukkes efter den enkeltes erfaringer og resultater.

....omhandlende aflønning af besætningen, hvor en gevinst skulle fordeles og udbetales i andele i forhold til fangst, ansvar og anciennitet.

....omhandlende den proviant, der skulle bringes ombord hjemmefra, og som typisk omfattede hvedemel, ris, vin, olivenolie og saltet fisk.

....omhandlende de redskaber og materialer, som vi skulle benytte til fiskeriet, hvilket ville sige stave, net og liner.

....omhandlende den proviant, der skulle suppleres med i Alghero på Sardinien.

Solen bagte og flotillen lå roligt i de store dovne søer ud for Sardiniens kyst. Alle var koncentreret om at samle og indstille fangstredskaberne. Tre meter lange stave blev lagt i et kryds. Derefter skulle de bindes sammen og endelig monteres med net og fastgjort til en lang line. Hver fregat udvalgte en enkelt person, der skulle manøvrere nettet. Vi andre stod klar til at hjælpe, når der skulle hales ind. Der var mange net med, da de tit blev beskadiget og måtte udskiftes. Men også stavene blev fra tid til anden udskifte, når de satte sig fast nede i dybet.

Når bådsmand og skipper havde lokaliseret det sted, de troede, korallerne var, nedsænkede vi det store kryds. Nu kunne vi slæbe det langs med klippevæggen så polypdyrene brækkede af og faldt ned i nettet. I vandet er korallerne smidige som siv, men når de kommer op, bliver de hårde som sten. "Det er som en grøntsag, der forstener, når den mærke luften," siger Giorgio hver gang.

Ind imellem tjener vi gode penge, men jeg tænker tit på, om det står mål med fem måneder hjemmefra, mange lurende farer og umådelige anstrengelser.

Lørdag den 17. september 1746 satte vi atter latinersejlene og stævnede mod Genova. Det havde været fem lange måneder, og nu skulle fangsten sælges. Vi havde, som forventet, mistet mange fangstredskaber og var godt brugte i krop og sjæl. Fangsten var sågar beskeden denne gang. Min besætning medbragte 129 pund og 19 unse koraller til en pris af 28,5 lire pr. pund. Det var fine koraller, og vi havde sorteret for bifangst. Den samlede omsætning den dag var 3681 lire 91 soldi og 5 denari. Fratrukket afgifter og omkostninger blev vores fortjeneste på 2691 lire, som skulle deles. Jeg fik 334 lire, de øvrige fem besætningsmedlemmer fik i gennemsnit 255 lire hver og skibsdrengen 82. Tilbage til min far var der 1000 lire.

Fredag den 30. september 1746 lagde vi atter kursen hjemover langs den liguriske kyst. Fangsten var afsat, og stemningen opstemt. Nu skulle det være. Alle ville hjem. Men vejret var truende. De seks af flotillens fregatter returnerede sikkert til Alassio Vi andre fortsatte mod Cervo. Nogle timer efter at vi havde taget afsked med fiskerne fra Alassio, blæste det op fra sydvest. Som det er typisk, når det lurende hav viser tænder, ryger sigtbarheden og bølgerne bliver hurtigt flere favne[22] høje. Jeg rebede sejlet og forsøgte at holde øje med de andre, men det var næsten umuligt. Jeg kunne se, at Giorgio havde problemer med rigningen. Som var det pindebrænde, knækkede hans mast, og jeg mistede fregatten af syne. Havet var i oprør. Jeg var bekymret for min onkel.

Ved midnatstid kunne jeg se bål i det fjerne, og jeg vidste, at Cervo var inden for rækkevidde. To timer senere havde vi fast grund under fødderne. Besætningen fra de tre fregatter var medtagne og forkomne. Jeg ventede hvert øjeblik, at Giorgio skulle dukke op, men frygtede det værste. Det skete, at vi blev borte fra hinanden i en flotille, men så dukkede op efter nogle dage. Det var sådan, vi tænkte og håbede, mens vi spejdede ud over havet i håbet om, at Giorgios fregat ville komme til syne.

To dage senere blev der råbt oppe fra muren. Jeg hørte ikke, hvad det var, men jeg fornemmede den ophidsede stemning. Det jeg frygtede mest, åbenbaredes for mig i det rolige hav. Vraggods og flydende kroppe drev langsomt ind mod kysten. Vi satte straks et par både i vandet og roede ud for at hente de døde fiskere. Det var besætningen fra Giorgios fregat.

"Jeg så masten knække, men kunne intet gøre. Det var, da vi rundede pynten ved Capo Mele," berettede jeg for min far. Otte døde kroppe lå nu på stranden. Der manglede to, og Giorgio var den ene. Min far samlede en frivillig besætning, og vi satte sejl mod Capo Mele. Da vi nærmede os, kunne vi se min onkels mere eller mindre knuste fregat kilet ind mellem klipperne. Giorgios afsjælede legeme lå inde i vraget. Den sidste koralfisker måtte vi opgive at finde.

Næste morgen begyndte vi at reparere skaderne på fars tilbageværende fregatter. De to fartøjer skulle ydermere forberedes til en anden type fiskeri, så vi havde noget at ernære os af inden næste sæson med koralfiskeri.

"Vorherre frelste vores liv, men vi må afsætter flere midler til
at velsigne de to både, vi har tilbage," bedyrede min far efter
begravelsesritualet.

43

Det er de gode erindringer, der minder mig om, hvem jeg er.
På mit kontor har jeg en almuemalet rejsekiste fra slutningen
af 1800tallet. Den har tilhørt min tipoldefar, og jeg har haft
den i 30 år. Den har affektionsværdi i forhold til mine rødder.

Johannes, Fiesole

Den sjette historie fra støvlelandet

Den kinesiske skulptur

Settebello[23] ruller langsomt ind på hovedbanegården i Rom. Det har været en behagelig rejse og et godt møde med en ny udgiver i Milano. At få udgivet en bog om nogle af de gamle håndværk i Italien, har længe været mit ønske. Det første kapitel skal handle om Fiesoles fordums tradition med halmbinding. Allerede inden mit møde i Milano, havde jeg fået en anden god nyhed. Det var bekræftelsen fra Laura, på at hendes bedstemor ville fortælle sin personlige historie fra den gang halmbinding og Fiesole hørte sammen, som Fiat og Torino hører sammen i vore dage. Bedstemoderen hedder Emilia Vincenzo. Hun er født i det 19. århundrede og har boet det meste af sit liv i Fiesole.

Jeg har aftalt med Luigi, at han henter mig på min bopæl i Trastevere[24]. Vi har en lang men smuk tur foran os. Først nordpå gennem Orvieto, dernæst langs Trasimeno søen, via Arezzo, ind igennem Chianti og endelig de resterende kilometer fra Firenze op ad skråningen til Fiesole. Vejret i maj er som regel stabilt. Luigi regner med at kunne køre hele vejen med kalechen nede. Han har købt sidste skud på stammen fra Fiat. En splinterny 500 Nuova. Den er knald rød og har 13 hestekræfter.

Luigi trykker hornet i bund, da han svinger fra Via Garibaldi ind på parkeringen. Fra min lejlighed aner jeg den lille 500 nedenfor på den anden side af hækken. Luigi står op og råber: ”Sono pronto!” Jeg lukker skodderne, samler mine ting og løber ned. ”Andiamo,” synger Luigi, mens han trykker på speederen og skruer op for musikken. Volare med Domenico Modugno brager ud gennem den lille mono-højtaler, mens de 13 hestekræfter kæmper sig vej gennem trafikken. ”La vita è bella!” skråler Luigi.

Vi holder ind til siden på Piazza Mino i Fiesole. En lokal stenhugger studerer beundrende det røde lyn, mens han viser vejen: "Via Giuseppe Verdi!" og peger over mod højre. Et øjeblik senere parkerer vi foran et lille hus med den mest formidable udsigt over Firenze. Laura modtager os med åbne arme. Emilia Vincenzo sidder i skyggen og undskylder, at hun ikke rejser sig. Da den formelle præsentation er overstået, sætter vi os. Jeg får lov til at gennemføre samtalen som et interview. En caffettiera[25] står allerede på bordet, og kaffen dufter guddommeligt.

"Signora Vincenzo kunne De starte med at fortælle kort om Deres barndom?"

"Siger De kort? Jo, jeg vil gerne fortælle. Jeg er 102 år. 102 år!" Hun gentager og gestikulerer smilende. "Jeg kan lide at snakke. Nå, men jeg er født i 1856 eller 1857. Jeg er ikke sikker. Begge årstal figurer på forskellige blanketter. Mine forældre havde et lille landsted i Linguaglossa på Sicilien. Det er den vestlige side af Etna. Her dyrkede de pistacier nødder. Så emigrerede de til Amerika. De havde den samme drøm som de fleste andre dengang. Det var en svær tid, meget svær. Mine forældre vendte hjem otte år senere. De var heldige. For mange blev drømmen en tragedie. Mine forældre slog sig ned nær Gubbio i Marche, hvor jeg blev født året efter. Da jeg var fem år, flyttede vi til Fiesole. Jeg kan huske flytningen. Tænk engang det var i 1861; i dette hus. Den gang var der færre boliger på vejen. Men Firenze ligner sig selv. Mange gode minder. Mange gode minder."

Jeg noterer flittigt. Drømmen om Amerika minder mig unægtelig om mine egne bedsteforældres historie.

"Hvad beskæftigede Deres forældre sig med?"

"Vi flyttede til Fiesole, fordi min far havde hørt, at byen var centrum for fremstilling af forskellige produkter forarbejdet af halm. Det var populært, og der var arbejde til alle. Begge mine forældre fik arbejde med det samme. Min mor som væverske og min far som sælger. Jeg selv kom i lære i 1870 og var med frem til 30'erne. Det var på det tidspunkt halmproduktionen mistede terræn. Meget trist. Meget trist."

"Det kan jeg godt forstå. Hvordan foregik produktionen?"

"Altså, i fremstillingsprocessen benyttede vi halm af hvede, havre, bast, chenille eller hestehår. Fiesoles særkende var en unik væveteknologi. Jeg holdt meget af at væve. Det var forbundet med ro, og man kunne fordybe sig i sine tanker. Selve halmbåndet man benyttede på væven, kaldtes 'Bigherino'. Typisk vævede vi med en bomuldstråd." Hun holder en længere pause, som om hun leder efter ord og fortsætter. "Men sommetider vævede vi med hamp eller silke eller raffia."

"Ved De hvordan ideen til Fiesoles halmproduktion opstod, Signora Vincensa?"

"Det ved jeg ikke. Det ved jeg ikke. Jeg er 102 år gammel, og husker ikke så godt mere," siger hun og klukker. "Vent lidt!" Hun lukker øjnene. "Jeg erindrer, at min far omtalte nogle købmænd fra Svejts. Han kaldte dem halmens herremænd. Jeg tror, de kom fra Wohlen. Ja, det var Wohlen. Måske var det der, det startede. Der fremstillede de nemlig også produkter af halm."

"Så det var ikke en idé, der opstod lokalt?"

"Jo jo jo, det kan De tro! Det var det sandelig. Men vi var fattige dengang. Vi manglede penge til finansiering, og der var mangel på arbejdskraft i Fiesole. Derfor kontrollerede svejtserne handelen igennem adskillige år. Mange, mange kvinder var beskæftiget inden for halmproduktion. Det var et kvindefag, må De forstå. I slutningen af 1800tallet snakkede man om, at der var mere end 80.000 beskæftiget i det florentinske område."

"Er der noget, der har gjort særligt indtryk på Dem?"

"Det kan De tro, Signore. Det kan De tro. Jeg har haft et langt liv; og det har været hårdt, meget hårdt. Men et godt liv. Der er en særlig begivenhed. I begyndelsen af 1900tallet arbejdede jeg på et værksted, der lå ovre ved indgangen til de arkæologiske udgravninger. Det var bag Piazza Mino og restaurant Sempioni." Hun lukker øjnene og fjerner forsigtigt en tåre med sit lommetørklæde. "Restaurant Sempioni! Det får minderne frem! Forstår De, det var her, vi fejrede min mands 70 års fødselsdag. Han døde få år efter." Hun gør korsets tegn. "Undskyld, hvor kom jeg fra? Hvor kom jeg fra? Nå ja, værkstedet. En dag fik vi besøg af nogle kinesere. Kinesere! Kan De forestille Dem det? De ønskede at lære om halmproduktion. De var venlige, og så var de meget flittige. Det var dygtige håndværkere, og de lærte hurtigt at gøre kunsten efter. Da de rejste tilbage til Kina, fik værkstedet en kinesisk skulptur som tak. Den var cirka halvtreds centimeter høj og fremstillet i elfenben."

"Fik det nogen betydning at kineserne havde lært faget?"

"Åhhhh, det ved jeg ikke. Det ved jeg ikke. Det er et vanskeligt spørgsmål. På den anden side kan De se, at vores håndværk ikke eksisterer mere. Det meste af det, der bliver solgt af den slags i dag, er lavet i Kina."

"Tror De, I blev udkonkurreret af kineserne?

"Uhhh det er jeg ikke den rette til at svare på. Måske. Måske. Fordi kineserne var dygtigere til at gøre halmproduktionen til en stor industri. De var også dygtigere til at udnytte mulighederne for at sælge på andre markeder. Vi sov nok i timen, hvis De forstår."

"Kan De uddybe det sidste, Signora?"

"At vi sov i timen?" Hun klukker. "Naturligvis, naturligvis. Jeg tror, at vi var uforberedt på en konkurrence udefra. Det burde nogen have forudset og så gjort noget ved det. I stedet blev der intet gjort. Ingenting. Og det skete lige for næsen af os.”

”Hvilke konsekvenser fik det?”

”Det fik store konsekvenser. Vi talte meget om det i byen, kan jeg huske. Forretningerne havde vanskeligt ved at tjene penge, og vores løn blev ikke altid udbetalt til tiden. Der var ingen penge til udvikling og forbedringer. Mange flyttede. Meget trist. Meget trist.”

”Men det var vel uundgåeligt?”

”Uundgåeligt siger De! Uundgåeligt?” Hun gestikulerer iltert. ”Der var nogen, der ikke i tide indså, at der stadig var mange muligheder i vores halmproduktion. Måske skulle man have gjort ting på en anden måde. Men man gjorde intet. Absolut intet. Det er problemet! Det er problemet! Og nu? Nu er det for sent.”

”Min dybfølte tak, Signora Vincenzo. Det har været en stor oplevelse at møde Dem.”

”De er velkommen. Det er hyggeligt at snakke. Jeg er glad for, at De vil skrive historien.”

Møjsommeligt rejser hun sig og tager mig i hånden, som havde hun fået ny styrke.

”Kom!” Hun smiler skælmsk.

Vi går langsomt ind i stuen, mens hun fortæller.

”Min svigersøn arbejder lokalt med at istandsætte de gamle bygninger. For nogle år siden renoverede han en villa for en familie, der havde været involveret i halmproduktionen for mange år siden. De var taknemmelige for det arbejde, min svigersøn havde udført. Som tak gav de ham en kinesisk skulptur.”

”Løft den op,” kommanderer hun og fortsætter. ”Da min svigersøn havde skulpturen med hjem, tog min datter straks afstand. Hun himlede op. *En kinesisk antikvitet i Fiesole? Helt ærligt mor!* Men så fortalte jeg hende historien om den gamle skulptur. Siden har den prydet vores hjem.”

”Ægte elfenben, signore!” Med sin krumme hånd strejfer hun forsigtigt det fine materiale. Hun har tårer i øjnene.

I en blodig middelalder i et turbulent Italien fandt en dannelse også sted. Et kulturliv midt i en krigszone. Man debatterede med de lærde, og man stillede skarpt på nogle af datidens store spørgsmål, der ikke var fjern fra nutidens tænkemåde.

Johannes, Urbino

Den syvende fortælling fra støvlelandet

Mæt af dage

En svag brise står ind gennem vinduet i det lille kammer hin lune forårsdag. Der er en skarp lugt af afbrændt ved. Stemninger fra markedet neden for murene overdøves kun af kirkeklokkerne fra San Domenico. Jeg føler mig svag. Jeg ved, mine dage er talte. Måske er det godt sådan. Jeg har bedt om forladelse for mine syndere, og jeg mærker, min sjæl er tung og uden energi. Kanske det er nu, jeg skal nedfælde mine sidste tanker.

I dette Herrens år 1526 falder jeg hen i fordybelse. Jeg begynder at mindes de begivenheder i mit liv, der har gjort et særligt indtryk. Hvis min gode fælle, den ærværdige Hertuginde af Forli[26] havde nedfældet sine erindringer, ville verden blive forfærdet over at læse om hendes liv. Jeg føler stor sympati for hendes kamp mod det onde, og jeg takker gud for mit eget liv med mindre kaos og dramatik. Jeg er sikker på, at Catarina Sforza[26] vil blive et emne for eftertiden. Men hvem vil huske mig? Elisabetta Gonzaga[27] vil ikke være et navn, man husker. Men jeg håber, min søn vil mindes mig for det gode.

Mine tidlige år i Mantova erindrer jeg ikke i detaljer. De forekommer mig at være ukomplicerede og lærerige, også selvom min mor døde tidligt. Jeg lærte latin af den begavede Colombino af Verona, og jeg blev dygtig til både dans, ridning, lut og sang. Mit liv begyndte for alvor i mit syttende år, da jeg blev viet til Hertugen af Urbino[28]. Brylluppet står smukt i min erindring. Da jeg ankom til Urbino ventede byens velklædte kvinder. Børnene viftede med olivengrene. Hunde satte ivrigt efter de harer, man slap fri. Jeg husker også de smukkeste kantater. I mit kammer har jeg stadigvæk den ornamentale rejsekiste, jeg modtog jeg ved ceremonien.

Jeg var en troende kvinde ved Guidobaldos[28] side, og jeg mindes med gudfrygtighed et kultiveret og dydigt liv med Hertugen. Det selvom han ikke var i stand til at skænke mig et barn. I 1490 døde min gode søster i barselssengen. Det var forfærdeligt, og jeg føler aldrig, at jeg er kommet mig over tragedien. Vi var så nære.

Året før jubilæumsåret kæmpede Catarina Sforza en brav, omend ulige, kamp mod den grusomme Cecare Borgia[29]. Jeg erindrer tydeligt, hvordan den indflydelsesrige Niccolò Machiavelli[30] udtrykte, at det havde været bedre, at gøre sig fortjent til folkets tillid, end til at stole på fæstningerne.

I selve jubilæumsåret 1500 blev hun så taget til fange af Cesare Borgia. Det siges, at han triumferede, da han bragte hende til Rom i lænker af guld. Catarina Sforza blev anbragt i Belvedere Paladset. Det var det år, jeg også selv besøgte Rom. I min rolle som Hertuginde af Urbino, ville jeg rejse til byen for at opnå syndsforladelse for mine synder. Min broder prøvede ganske vist at stoppe min pilgrimsrejse, og skrev advarende til mig. Han mente nemlig, at eftersom Pave Alexander[31], ved en pavelig bekendtgørelse, havde indlemmet Urbino i kirkens len, ville mit liv være i fare. Årsagen var endnu engang Cesare Borgia, der formodentlig på daværende tidspunkt anså Urbino som sit hertugdømme. Jeg forstod min brors bekymring og skrev til ham fra Assissi den 21. marts 1500:

'Jeg har forladt Urbino og er på vej mod Rom. Først i dag, i Assissi, modtager jeg Deres brev. Jeg kan forstå, at De ønsker, at jeg skal opgive mit forehavende. Da jeg nu er kommet så langt, og da Deres Excellence snart vil modtage dette brev, føler jeg mig sikker på, at De vil godkende min pilgrimsrejse. Jeg beder Dem indtrængende om, at De vil forsikre mig, via brev til Rom, at De ikke er utilfreds, således at jeg kan modtage min syndsforladelse i fred og ro. Hvis ikke vil jeg være fortvivlet. Jeg overlader mig til Deres

I Rom modtog jeg min brors barmhjertige brev. Det var med tristhed, at jeg kørte ind igennem Rom på vej til Peterskirken. Ved Belvedere Paladset tænkte jeg, at dér, inde bag murene, sidder en af de modigste kvinder[26] i verden.

Jeg var ikke tryg ved situationen, da vi året efter forlod Urbino for at rejse til Ferrara. Årsagen var brylluppet mellem Cesare Borgias søster, Lucrezia og Hertugen af Ferrara[32.] Hans oldefar var ingen ringere end Alfonso V af Aragon[33]. Mine bekymringer overskyggede festlighederne, men jeg ihukommer tydeligt min ankomst til Ferrara. Jeg red på et sort muldyr med saddeldækken i mørkt fløjl og gyldne broderinger. Min kappe var sort med trekanter af guld.

I 1502 måtte vi flygte fra Urbino modigt hjulpet af Andrea D'Oria. Han var en loyal soldat, der gjorde tjeneste hos os. "Jeg er evig taknemmelig for Deres indsats, og jeg spår dem en succesfuld fremtid," husker jeg at have sagt til ham. Flugten blev nødvendig, da Cesare Borgia[29] på forræderisk erobrede Urbino. Jeg blev eskorteret tilbage til min familie i Montova, og min ægtemand fortsatte til Venedig. Heldigvis blev vi genforenet allerede året efter.

Jeg følte fortvivlelse, da jeg erfarede at både Niccolò Macchiavelli[30] og Leonardo da Vinci[34], som blev hyldet for begavelse og fremsyn, arbejdede hånd i hånd med Cesare Borgia, alt mens min familie blev forvist fra Urbino.

I 1504 var der igen fest. Vi kunne vende tilbage til Urbino. Paven var gået bort i 1503, og til al lykke var det slut med Cesare Borgias[29] magt. Den nye pave, Julius II[31], brugte sin indflydelse til at reducere Borgia-familiens herredømme. Det var i denne periode, at jeg adopterede min svigerindes fjorten årige søn, Francesco. Til stor glæde for Hoffet ansatte vi ligeledes Baldassare Castiglione[35]. Han blev hurtigt en vigtig person for os alle sammen.

I dag er det varmt for årstiden. Men vejret i april, året efter at vi havde adopteret Francesco, var en katastrofe. Himmel og jord stod i et. Det var grusomt, og det var som om Herren selv havde belejret Urbino. Først blev vi begravet i dyb sne, og vi kunne hverken komme frem eller tilbage. Senere opstod der knaphed på mad, og endelig kom der et udbrud af kvægpest. Vi var desperate.

I 1507 arrangerede vi fire kundskabsrige aftener med Baldassare[35]. Det blev til en række spændende dialoger med lærde og intellektuelle. Vi debatterede blandt andet etikette, dannelse og korrekt opførsel. Kardinal Bibbiena[36] fastslog, at det var upassende at spøge med kendte personer. Det kunne vi ikke blive enige om. Jeg påpegede, at jeg ikke kunne se, at der var noget galt i at spøge med royale personligheder. Jeg nævnte nogle morsomheder, der var blevet sagt om Alfonso[33]. Hans ærværdighed havde ikke følt sig krænket, men tværtimod belønnet spøgen. Ligeledes genkalder jeg mig en dialog, vi havde, om kvinders rettigheder. Giuliano de'Medici[37] mente, at vi kvinder skulle holde os til det, vi var bedst til og hverken spille tennis, ride, gå på jagt eller håndtere skydevåben.

Min elskede mand døde smertefuldt og invalid efter mange års sygdom. Jeg passede ham flittigt, men efterhånden vidste jeg godt, at han ikke havde langt igen. Jeg græd, da jeg overværede ham reflektere over sin skæbne i selskab med Baldassare[35]. "Hvorfor ønsker I mig så inderligt en Guds lykke. Hvis Herren dog ville lade mig få fred for disse forfærdelige lidelser, er det da ikke en velsignelse?" Jeg lod den dygtige Gerolamo[38] udsmykke kirken til min elskedes bisættelse.

Året efter, i 1509, erfarede jeg, at Catarina Sforza var sovet ind på et kloster i Firenze. Det gjorde mig ondt. Hun havde været meget igennem.

I 1513 døde Pave Julius II[31], og Pave Leo X[31] blev taget i ed. Igen blev bange anelser snart til virkelighed. Allerede i 1516 blev vi atter en gang bortvist fra Urbino. Den nye Pave, ud af Medici familien, havde overdraget Urbino til sin nevø. Med få midler undslap vi i løbet af sommeren, og sammen med min svigerdatter og svigerinde søgte vi på ny tilbage til Montova. Lykkeligvis blev jeg forsørget af min broder. Han efterlod yderligere 6000 dukater, da han døde i 1519.

Efter nogle år i eksil kom den gode nyhed om Pavens død. Det var i 1521 at min søn og svigerdatter blev genindsat i Urbino. Jeg glædede mig på deres vegne. Min egen fornøjelse var også stor, men jeg var mærket af store omvæltninger i mit liv. At Herren har ønsket det sådan, accepterer jeg. Jeg antager, at det er i overensstemmelse med Hans grundsyn.

De sidste fire år har der været en fredsommelig ro i Urbino. Jeg passer mit barnebarn, så godt jeg kan, og det er en dejlig adspredelse. Jeg ønsker, at han skal tilegne sig nogle af de færdigheder, jeg selv fik for mange år siden i Montova. Han er en god dreng!

Men jeg er mæt af dage.

Konfliktløsning er en lærerig vej til succes, og der er mange eksempler i verdenshistorien. De mere dramatiske af slagsen har haft stor betydning for eftertiden; det kan være i forhold til rettigheder, menneskesyn og livsvilkår.

Johannes, Trasimeno

Den ottende historie fra støvlelandet

Han så det ske

Marcus strækker sig, idet han rejser sig fra halmen og går udenfor for at tjekke vejret. Det ser fint ud. Klokken er fem. Solen er endnu ikke stået op, selvom det lysner i øst. Marcus henter en amfora[39] med vin og et stykke brød og ønsker Abbia på gensyn. Muldyret skryder, da det modvilligt bliver spænder for kærren, der er fyldt med bundter af pilekviste[40] klar til at blive solgt på markedet i Cortona. Om guderne er med mig, tænker han, kan jeg være i Cortona, når solen står højt på himlen, og tilbage igen inden solnedgang.

Marcus kører langs med Trasimeno søen, der er dækket af den sædvanlige og karakteristiske morgendis. Det bliver en varm dag, tænker han. Marcus hilser, da han passerer fiskerne ved Passignano. "Der foregår et eller andet!" Fisker Lucius peger i retning mod dalen. Marcus kører videre, mens han spekulerer på, om han får solgt sine pilekviste. En halv times tid senere begynder det gamle muldyr at vise tegn på uro. Marcus bliver snart opmærksom. En mærkelig lugt og nogle mystiske lyde, der ikke er normal for årstiden, møder hans sanser.

+++

Efter at have slået den romerske hær sidste efterår, ved floden Trebia, valgte Hannibal[41] at tilbringe vinteren og det tidlige forår i Po-dalen. Nu bereder han sine legionærer på, at de skal videre. Hans mål er at styrke sin position, således at han står stærkest muligt i de kommende forhandlinger om fred.

"Der er tre mulige veje mod syd[42]," orienterer Hannibal!

A

"Vi krydser de liguriske Appenniner, følge den tyrrhenske kyst. På den måde kan vi bibeholde kontakten med den kartanske flåde."

B

"Vi går over den toskanske del af Appenninerne og vælger en rute gennem Etrurien[43]."

C

"Vi følger Appenninerne ud til Adriaterhavet og drejer mod syd."

Han diskuterer situationen med sit krigsråd, og de beslutter at gå gennem Etrurien. Rådet er af den opfattelse, at det giver en større strategisk handlefrihed.

Hannibal giver tegn, og hans fyrretusinde veludhvilede lejesoldater[44] begynder en lang march mod Bologna. I omegnen af Bologna drejer han mod syd hen over Porretta-passet gennem Pistoia, Prato, Fiesole og ned gennem Firenze-dalen mod Cortona. Efter et par ugers march slår Hannibal lejr få kilometer fra Passignano ved Trasimeno søen.

"Vi er kommet ubemærket forbi Gaius Flaminius[45] legion i Arezzo," begynder Hannibal. "Flaminius ved, vi er på vej, og han vil forsøge at slutte sig til Gnaeus Servilius[46] legion, der kommer fra Rimini. Sammen er Flaminius og Servilius to hære vores krigere overlegne, men hver for sig, har de næppe en chance. Vi har placeret os strategisk rigtigt, og vi vil forberede et angreb. Flaminius vil med stor sandsynlighed marchere nordpå inden for de næste dage. Hvis han fører sin hær igennem dette terræn, hvilket er sandsynligt, kommer han tæt forbi vores lejr. Det er her vi slår til!" Med et sikkert kort på hånden orienterer Hannibal sit råd.

I Arezzo sidder Flaminius og drøfter militærtaktik med sine rådgivere. "Hannibal er for stor en udfordring med de femogtyvetusinde mand vi råder over. Til gengæld er vi ham militært overlegen, så snart vi har sluttet os til Servilius legion," erklærer Flaminius. "Vi har tiden på vores side, men også strategisk er situationen i vores favør. Jeg er sikker på, at Hannibal ikke ønsker at komme i klemme mellem to kampklare romerske legioner," slutter Flaminius med et tilfreds smil.

Da morgenen gryr, forlader Flaminius romerske legion Arezzo for at marchere mod Trasimeno søen. Samme aften slår han lejr på Cortona-bjerget, der ligger mellem Cortona og Trasimeno søen. Amforaerne kommer frem, og der bliver snakket, drukket og sunget. "Det er vigtigt, at vi stopper Hannibal," understreger Flaminius. "Det vil være en katastrofe, hvis Karthago[47] kommer til at dominere Middelhavet." Quintus løfter bægeret og tilføjer med et smil og en smule hånligt. "Ja, lad os stoppe Hannibal. Så slipper vi også for at høre Cato[48] slutte alle sine taler med *i øvrigt mener jeg, at Kartago bør ødelægges!*"

Klokken seks om morgenen den 24. juni samler Flaminius sine tropper, og legionen marcherer i gåsegang ned mod søen. Flaminius følger en smal sti og svinger til venstre langs søbredden. Normalt er Flaminius en forsigtig hærfører, men i dag er der intet at være bange for. Derfor har han ikke prioriteret sikkerheden specielt højt. Al efterretning taler for en rolig march. Flaminius er overbevist om, at Hannibal mindst er en fuld dagsrejse fra Trasimeno søen. Morgenen indhyller bakkerne i dis. Det stille vand klukker i sivene. Faunaen begynder at komme til live. Om en time, tænker Flaminius, har solen brændt sløret af, og det bliver endnu lettere at orientere sig.

Marcus tager sit muldyr i grimen og trækker det ind imellem oliventræerne. Han sætter sig på kærren, tager en bid brød og en slurk vin.

Hannibal står med sine nærmeste krigere. Han bærer en linned-rustning forstærket med metalplader og kraftige, knæhøje benskinner spændt på med remme. Under armen holder han sin bronze-hjelm. Der er helt stille, og stemningen er anspændt. Endelig kommer signalet. Det signal Hannibals kampklare og veltrænede soldater utålmodigt har ventet på. Angrebet på den fuldkommen uforberedte romerske hær begynder.

Flaminius sidder afslappet i sadlen. Han nyder marchen gennem det fredelige område. Han tænker på, hvor det vil være hensigtsmæssigt at sætte et angreb ind mod Hannibal. Bedst som Flaminius offensive planer begynder at tage form, myldrer det frem fra bakkerne. Med kampråb og løftede våben kommer det angreb, Flaminius ikke havde forudset. Mens han trækker sit våben, indser han, at han er marcheret direkte ind i et baghold.

Det går op for Marcus, hvorfor hans muldyr er blevet urolig. En trykkende stilhed er erstattet med kampråb, dødsskrig, ophidsede kommandoer, lyde af metal mod metal og legionærer, der kæmper. Marcus skjuler sin kærre i olivenlunden og sniger sig over til et lille plateau nogle hundrede meter fremme. Han lægger sig på maven og kryber forsigtigt frem. Hvad han ser, er ubegribeligt. Langs søen, indhyllet i morgendis, er en kolonne af soldater så langt øjet række. Ud af bakkerne myldrer det frem! Tusindvis af angribende legionærer i mange forskellige dragter, har overlistet den anden hær, der tydeligvis står uforstående overfor, hvad der sker.

Tre legionærer fra den angribende hær, alle med grålige harnisk og bronze-hjelme med sorte hestehaler, hugger løs på en enkelt mand. Den døende bliver forsvaret af fire farverige soldater, der bærer hjelme prydet med store hanekamme. Horde af soldater flygter i alle retninger. Der ligger lig og afhuggede lemmer overalt. Søen har fået et rødligt skær i vandkanten.

Marcus bryder sig ikke om at se mere. Solen står allerede højt på himlen, og det er blevet bagende varmt. Marcus kravler ubemærket tilbage til sin kærre. I dag skal han ikke til Cortona og sælge pilekviste. Han kører hjem til Abbia. Markus har vanskeligt ved at begribe, hvad det er, han har været vidne til[49].

Det er en del af den menneskelige natur at søge efter et trygt og sikkert sted at bo. I menneskets historie har det enkelte individ og samfundet til stadighed måttet forsvare den faste ejendom og ejendele mod trusler og onde kræfter udefra.

Johannes, Scalea

Den niende historie fra støvlelandet

Tårnet

Jeg er ved at være en gammel dame. Det kan jeg ikke løbe fra. Men jeg har bevaret min stolthed gennem årene, og jeg er tilfreds med, hvad jeg har udrettet siden jeg blev til i 1563. Sommetider er jeg bange for at miste min identitet. Men hvem ville ikke være det i min alder, og det er ikke blevet nemmere med årene. Jeg finder det stadig vanskeligere at finde noget eller nogen at identificere mig med. Jeg har eksisteret i en æra med store omvæltninger, og jeg har måttet vænne mig til at skulle tage afsked mange gange. Af mine 337 fætre og kusiner[50] op og ned langs kysten, fra Palermo til Napoli, er der ikke mange tilbage. En dynge sten, som et gravmæle, eller en hensunken ruin, der vidner om en fjern fortid. Sådan er det med os ældre. Når vi bliver ensomme, forgår vi hurtigere, end hvis vi havde været en del af et fællesskab.

Selvom mine kræfter er svundet, og jeg er træt i fundamentet, føler jeg, at jeg er ældet med styrke. Min horisont er bred, og jeg bruger tid på at fordybe mig. Især holder jeg af at tænke tilbage på de mange, og ikke sjældent dramatiske begivenheder, jeg har været vidne til. Nu om dage er der sjældent brug for mig, men jeg glædes, når der ind imellem gøres stads af mig. I julen for eksempel, når jeg indvendig dekoreres med Jesus krybbe og de lokale ansigter, som jeg har fulgt gennem årene, dukker op for at se min udsmykning. Eller når festfyrværkerier fra mit tag byder de nye år velkomne.

Jeg forstår latin, italiensk og spansk, men jeg har også været med, siden Aragonerne sad på magten. Fordums spanske periode husker jeg for pomp og pragt, men det var også en periode med mange grusomheder. På rigsitaliensk hedder *jeg er bange* "ho paura", men her hvor jeg står, siger de "mi spagno". Det er en påmindelse om de brutale spaniere, som alle frygtede.

Selv var jeg ikke bange. Jeg blev skabt af Aragonerne som en foranstaltning mod de angreb, der kom fra havet. Når jeg genkalder mig de mange krigsskibe, jeg har set i farvandet, gennem de sidste 448 år, var det især de trekantede sejl, der gjorde indtryk. Det var de tyrkiske pirater. De satte byen på den anden ende. Når vagten spottede de trekantede sejl i horisonten, blev der tændt bål på mit flade tag. På den måde kunne jeg advare en anden vagt, der stod foran bymuren, som med det samme lukkede porten. Samtidig var det et signal til mine kusiner og fætre længere nordpå, eller sydpå, om at gøre det samme. Det var datidens trådløse kommunikation. Selvom der er 700 kilometer kyststrækning mellem Palermo og Napoli, var det hurtigt at sikre byerne. Jeg har været med til at redde mange menneskeliv.

I mange år var min placering på et lille skær hundrede meter ude i Middelhavet. Ind imellem følte jeg mig ensom, men jeg nød det smukke hav mod vest med flotte solnedgange og det skønne bjerglandskab mod øst, på den anden side af Scalea. Mod nord og syd, langs kysten, kunne jeg holde en daglig kontakt med min fætter og kusine. Mod syd Dino, og mod nord Cirella[51]. Senere, da Middelhavet trak sig tilbage, blev min lille ø til en halvø. I dag er jeg fuldt integreret med fastlandet, og jeg føler mig mere som en del af Scalea. Det er jeg ikke ked af, da jeg mærker et øget behov for, især på mine gamle dage, at være en del af det fællesskab, et samfund kan byde på. Det er mærkeligt at tænke på, at der, hvor de tyrkiske pirater strøg sejlende, inden de gik i land for hundrede af år siden, der ligger i dag en parkeringsplads. I sommerhalvåret er den næsten altid fuld. Sommetider ser jeg biler med tyrkiske kendingsbogstaver.

Jeg ved ikke, hvem mine forældre er, og jeg har hverken et referencepunkt til det maskuline eller til det feminine. Derfor mangler jeg den funktion, der normalt varetager de biologisk forankrede behov. Familier spiller vidt forskellige roller, har jeg erfaret, men der er nogle fællestræk og mønstre. At producere, at forbruge, at elske, at opdrage og at slappe af. Mange glemmer det sidste. Folk slæber et helt liv, for at blive berøvet tilværelsen alt for tidligt. I de sidste 100 år har jeg bemærket, hvor mange ansigter der, fra den ene dag til den anden og alt for tidligt, ikke mere viser sig. Jeg har kendt og fulgt dem, og det gør mig trist, når jeg lægger øre til de efterladtes sørgmodighed over endnu en bisættelse, når de bevæger sig rundt på mine etager. Jeg, på den anden side, har haft oceaner af tid til at koble af, reflektere og suge begivenhederne til mig, som tiden er gået. Om livet tegner det ene billede eller det andet, er måske i virkeligheden ligegyldigt, når det kommer til stykket, blot man er glad og tilfreds.

Uden en mor og en far har jeg søgt en anden reference. En faderfigur som jeg kunne spejle mig i. Første gang jeg hørte om ham, var umiddelbart efter at jeg stod færdig på min lille ø ud for Scalea. De to soldater der var på vagt den dag, snakkede om en tidligere konge ved navn Alfonso V af Aragonien. De kaldte ham *Il Magna Nimo*, hvilket betyder den prægtige. Jeg lagde diskret øre til og blev betaget af denne mands autoritet. Så besluttede jeg, at han skulle være min apostel.

Mens han levede, må han have gjort et stort indtryk på sine omgivelser. Min viden om ham stammer alene fra de mange soldater, der har stået vagt på mit tag og sludret om gamle dage. Alfonso endte sine dage på Castel dell'Ovo[52] i Napoli. Han døde af lungehindebetændelse. Det var i 1458.

Alfonso talte italiensk, catalansk og latinsk, men foretrak vist det spanske. Han elskede musik, poesi, kunst og litteratur.

Han var også en engageret samler af smykker, sølvtøj og gamle tekster. Det siges, at hans hof imponerede tidens gæster. Måske var det derfor, hans øgenavn blev Alfonso den Prægtige. 300 kilometer nord for mig ligger Ischia. I 1441 fordrev Alfonso Angevinerne[53] fra øen. Ischias imposante slot blev derefter istandsat og døbt om til Castello Aragonese[54]. Jeg føler en vis stolthed ved at have været med til at forsvare den lange kyststrækning i fint selskab med et slot. I 1442 vandt Alfonso slaget om Napoli. Han fik en storslået modtagelse, da han i 1443 officielt kom til byen. En soldat, der stod vagt på mit tag, berettede for en anden soldat, om sin farfars oplevelser på denne dag. Jeg følte næsten, at jeg havde været til stede ved byens hyldest af min helgen.

'Processionen, der var en blanding af antikke, symbolske og komiske genstande, ankom via byporten og gik videre til Domkirken. Kareten med Alfonso blev trukket af fire hvide heste og han selv, sad på en trone omgivet af forgyldninger. Tyve embedsmænd bar en guldbroderet baldakin på stave, som skulle beskytte den nye konge af Napoli mod solen.'

Indgangen til Alfonsos nye slot i Napoli, Castel Nuovo[55], blev istandsat i anledning af sejren. Man snakkede også om at Castel dell'Ovo[52] og Castel Nuovo[55] var blevet forstærket, for at kunne modstå en helt ny type artilleri. Det er utroligt, hvad jeg har kunnet opsnappe om verden udenfor, mens soldaterne har kedet sig på deres vagter.

Der er ikke mange, der ved, at jeg blev bygget oven på en klippe af naturlige huler, som har været benyttet af mennesker op gennem tiden. De arkæologer, der har lagt deres vej forbi, har heller ikke undgået min opmærksomhed. Middelhavets skiftende vandlinjer og hulens placering under min sokkel, har haft betydning for, hvornår hulerne har været beboet. Der er mange tegn på menneskelig aktivitet. Fra neandertalere for omkring 250.000 år siden, fra den ældre stenalder for 35.000 år siden og den yngre 30.000 år senere. Jeg har forstået på arkæologernes samtaler, at hulerne har givet beskyttelse mod vilde dyr. Samtidig har det været et godt område for jagt og fiskeri. Baseret på prøver fra udgravninger, har der åbenbart levet både elefanter, næsehorn, flodheste, bjørne, løver, hyæner ud over de dyr, der fortsat lever her.

Jeg har affundet mig med min alder, og jeg nyder den indsigt de mange år har lagret i mit fundament. Iblandt ville jeg ønske, at jeg kunne berette hele min historie. Jeg tror, den ville være spændende for eftertiden. Nogen gange fantaserer jeg om at kommunikere med det 1.500 år gamle oliventræ i den anden ende af byen. Det må, som jeg, have meget på hjertet. Men sådan er livet. Jeg er glad, som jeg ser ud, med mine tykke, pyramideformede mure. Jeg har trodset krige og klimaforandringer, og jeg har tålmodigt, omend nysgerrigt, lagt øre til al slags tale. Somme tider med en tunge, der var så giftig, at jeg kunne blive trist ved tanken om, at jeg intet kunne afsløre. Som for eksempel for 86 år siden, da to lømler sad på mit tag og lo djævelsk over deres ugerning. De havde spændt en snor ud på tværs af den smalle gyde oppe bag kirken. Den gamle frue, der kom gående med en stor lerkrukke på hovedet, snublede i bardunen, og faldt næsegrus omkuld. Hun slog sig grimt, og hun tabte alt indhold ud over det hele.

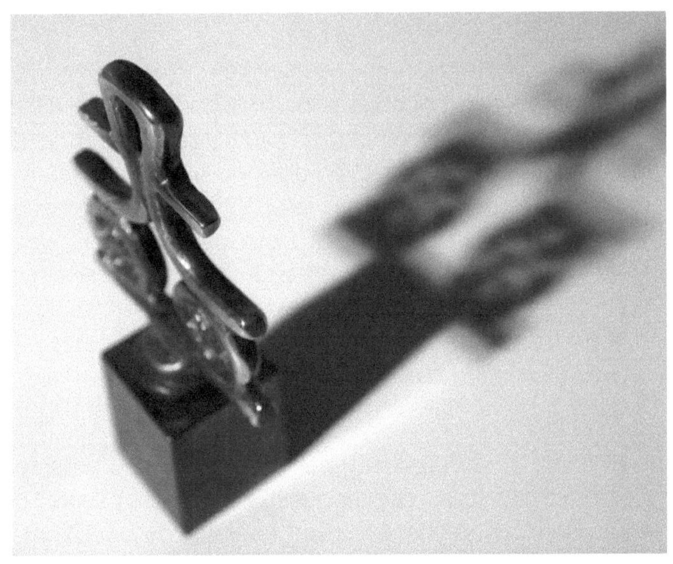

Uanset hvem du er, emmer håbet om et godt liv med masser af lykkelige stunder. Når en dag du ser tilbage, bør livet trods udfordringer, have budt på mange gode øjeblikke.

Johannes, Cropani

Den tiende historie fra støvlelandet

Bortførelsen

Der var engang for længe siden en brigant[56] ved navn Pietro. Han levede i Italien, langt mod syd i Calabrien. Om vinteren var der masser af sne og en bidende kulde, især i skovene. Sommeren derimod kunne være stegende hed og fugtig, og især ved floden skulle man passe på de farlige myg, der kunne gøre selv den stærkeste røver uhelbredelig syg. Nætterne var de smukkeste, man kunne forestille sig, med dejlige dufte fra den lokale flora og insekter, der konstant brød den ellers øredøvende stilhed. Det var dengang, en rigtig røver var en lovløs kriminel. Han levede livet farligt.

Pietro står i skyggen af træet og lurer på den passerende kærre. "Fattigfolk," tænker han, og lader dem passere uden at give sig til kende. Pietro og hans bande på 120 mænd lever skjult oppe i skovene. De er frygtet og hensynsløse, når de slår til, men de stjæler ikke fra tyende og fattige. Ikke fordi de har en særlig status, men fordi det ikke er ulejligheden værd. Men også fordi fattigdom og det usle liv netop er det, der har drevet Pietro og andre røvere før ham til at vælge den kriminelle løbebane.

Pietros flade, åbne lædersandaler sidder tæt ind til foden med snore der går op til lige under knæet. Han bærer stramme bukser, en skjorte af linned og uden på en vest prydet med filigran knapper[57] af ægte sølv. Ud over har han en blå kappe af fløjl og på hovedet en konisk formet hat med hvide og røde striber. Hans udrustning er sparsom, og er fastgjort i to bælter af læder. Det ene om livet, til patroner og det andet over skulderen, der fungerer som holder for en gaffel, en ske og en stor jagtkniv. Om halsen bærer han et hjerte af sølv, med billedet af Madonna og Jesu-barn. Den religiøse dekorering står i skærende kontrast til hans store øreringe af guld.

Calabrien er det perfekte terræn for lovløse briganter. Der er åbent hav på begge sider, det Ioniske Hav mod øst og det Tyrrhenske Hav mod vest. Landskabet er præget af hvide sandstrande og store klippeformationer med hemmelige huler og grotter. Inde i landet kæmpe skovarealer med gamle træer og bjergrige, ufremkommelige terræner og vilde dyr. Overalt findes der arkitektoniske hints[58] om byzantinere, grækere, romere, normannere og aragonere. Det er her Pietro og hans bande lever. Altid på jagt, altid på flugt og altid på vej mod et nyt skjulested. 120 briganter er mange at brødføde, men de mange plyndringer, kidnapninger og landevejsrøverier giver godt.

De er jaget vildt. Alligevel kunne ingen tænke sig at bytte. Og det selvom General Borjés[59], med sin hær af soldater, af og til har held med at tilfangetage en flok briganter og sende dem i guillotinen i Cartanzaro. Men det tager ikke mange uger før Pietros flok igen tæller 120. Pietro har døbt sin slyngel-enhed *La Milizia*, hvilket betyder militsen. De opererer i små grupper i omegnen af Catanzaro, Cropani, Isola di Capo Rizzuto og op i bjergene omkring søen, Lago Passante.

På den tid da Pietros briganter hærgede, var der en herremand ved navn Camine. Det var dengang en rigtig jordbesidder havde magt og høj anseelse. Carmines jorde lå seks kilometer fra Cropani. De strakte sig fra havet ned i lavlandet og et godt stykke op langs floden Crocchio. Carmine var fair mod bønderne, men gik ikke af vejen for en hård straf, hvis han følte sig taget ved næsen. Carmines far, Tomaso, kunne ikke deltage i bedriften mere. Han kom sig aldrig over det anfald af malaria, som næsten tog taget livet af ham for år tilbage.

Livet går sin gang på farmen. Der skal produceres, tales dunder og revses, således at de dyrkede arealer bliver optimeret, og der kan tjenes penge. I dag er den anden søndag i juni 1822, og Carmine er netop rundet 34 år. Han sidder rank i sadlen idet han skridter ud af porten. Det er den daglige ridetur rundt i området for at bese markerne. Carmine rider ned til havet og langs stranden hen til Crocchio. Han betragter det smukke hav på den ene side og fiskehejrerne, der står på smult vand og mætter sig i flodens munding på den anden side. Hunden Fedele følger ham overalt. Når Carmine stopper, sætter Fedele sig trofast og venter. Når Fedele opsnapper Carmines ordre til hesten om at fortsætte, følger Fedele loyalt efter; altid på højre side. Fedele markerer sit territorium undervejs, men han er fluks tilbage og kigger spørgende op på Carmine, som for at få en bekræftelse på, at han er blevet set. Carmine vælger stien langs floden ind i landet, op i bakkerne og forbi den gamle romerske villa[60]. Intet overgår hans skarpe blik. Han nyder forsommeren med de mange dufte og mærker den begyndende middagshede.

Med ét begynder hesten at blive urolig, og Fedele piber sagte, mens den logrende hale forsvinder ned mellem bagbenene. Carmine klapper beroligende hesten, mens han tager geværet frem og ser sig omkring. Langsomt dukker tre mænd op mellem træerne. ”Briganti”, tænker Carmine, mens han mærke pulsen stige. ”Giv os dit gevær og følg med, så sker der ikke noget,” beordrer Pietro roligt, mens han fastgør et reb til grimen på Carmines hest. Der er ikke meget at gøre. Forsøger han at stikke af eller sætte sig til modværge, vil han blive skudt på stedet. Fedele er ikke at se nogen steder. Men hvad Carmine ikke ved er, at Fedele med halen nede og så hurtigt de små terrier-ben kan rende, er på vej tilbage til farmen.

”Er I allerede tilbage?” spørger Tomaso med undren, da Fedele kommer løbende ind i stuen. Fedele logrer, men piber og opfører sig uroligt, som for at fortælle, at ikke alt er, som det burde være. Da Carmine ikke selv vender tilbage, som han plejer, bliver Tomaso klar over, at der er noget galt. Han kalder på karlen, og beder ham ride ud for at lede efter Carmine. Nogle timer senere vender han tilbage med uforrettet sag. Men han var blevet opmærksom på, at der på den anden side af den romerske villa, var tydelige tegn på, at der havde været flere heste samlet. "Jeg fandt dette. Jeg tror, det er Carmines," fortæller han og rækker et grønt tørklæde til Tomaso.

"Vi er i guds hænder," siger Tomaso ud i luften. Raffaella sidder med biblen i hånden. "Min søn," konstaterer hun lavt. Karlen gør korsets tegn, og alle beder for Carmine. To dage senere bliver deres bøn hørt, og det lokale bud kommer med en lille pakke. Mens Tomaso pakker ud, frygter han det værste. I pakken ligger en tot af Carmines krøllede hår og en lap papir med et meget stort beløb påskrevet. "Så mange penge kan jeg ikke skaffe," grynter Tomaso udtryksløst.

Med pertentlig, men næsten ulæselig håndskrift bliver politirapporten udførligt udarbejdet. "At tage kampen op, er ikke nogen god idé," forklarer den lokale embedsmand. "Det vil være klogest at betale løsesummen," konstaterer han tørt.

De måtte alle finde en måde at komme videre på. Udadtil skulle det se ud, som om ingenting var hændt. Samtidig arbejdede Tomaso ihærdigt på at skaffe midler til at få sin søn frigivet. Heldigvis hjalp man hinanden på farmen, og den loyale karl sørgede for farmens daglige drift. "Vi er nødt til at sælge nogle jorde fra, ellers kan det ikke hænge sammen. Men hvis det er guds vilje, så gør jeg det," erklærer Tomaso under aftensmåltidet. En måned senere har han afhændet 400 hektar jord. Da betalingen forelægger, søger Tomaso for, at løsepengene bliver overdraget. Den 28. oktober 1822 er dramaet slut.

Stemningen på farmen er anspændt. Alle venter forventningsfuldt på Carmines tilbagekomst. Fedele er den første, der reagere. Den springer ud af døren, da den hører hestehove på den lille grussti uden for porten. "Herren er tilbage," råber karlen, mens han åbner porten. Træt og afkræftet og med sorte rande under øjnene lader Carmine sig glide ned af sadlen. "Hesten fejler ikke noget og, efter omstændighederne, har jeg det fint. Jeg trænger til noget at spise og til at sove, som jeg aldrig har sovet før. I morgen vil jeg berette om mit ophold i bjergene," erklærer en tydeligt mærket Carmine.

Carmine sov i to dage. "Det er ikke en oplevelse jeg ville ønske for min værste fjende," fortæller Carmine og gør korsets tegn. "Jeg blev konstant flyttet til et nyt skjulested, fik næsten ikke noget at spise og sov for det meste under åben himmel. Jeg fik ikke lov til at snakke med nogen, og jeg måtte ikke have øjenkontakt med røverne. Hvordan jeg undgik at tage skade, ved jeg ikke. Måske ønskede Herren det således, og jeg fandt en ro i mine bønner. Slynglernes leder blev omtalt som Pietro, og han kaldte banden for La Milizia. De bandt mig til et træ, og iblandt var jeg så tæt på, at jeg kunne høre, hvad de talte om. Nordpå er en anden bandeleder åbenbart blevet taget til fange og dødsdømt. Anklagen lød på 108 mord. En dag talte de om, at det var det usle liv og de dårlige betingelser i landet, der var skyld i, at de var nødt til at gøre det, de gjorde.

Jeg mødte Pietro flere gange. Han var rolig og fattet, og havde et godt greb på sine mænd, der alle virkede nervøse og mistroiske. Der fandt også en anden bortførelse sted, mens jeg var fanget. Jeg så ham ikke, men erfarede at familien ikke betalte løsesummen. De skar et øre af og sendte det til familien, for at lægge pres på. Da det ikke hjalp, slog de ham ihjel og smed ham i floden. Jeg er glad for, at jeg er i live og kan berette om denne tragedie.

Gud være lovet for at vi havde mulighed for at frasælge nogle hektar. Carmine gør korsets tegn.

Carmine levede efterfølgende lykkeligt til sine dages ende. Men fra den dag af red han ikke mere alene.

Når det gælder vores børn, er afmægtighed et fortvivlende vanskeligt terræn. Men med en betingelsesløs kærlighed som omdrejningspunkt bliver afmagtens vej nemmere at håndtere.

Johannes, Catania

Den ellevte historie fra støvlelandet

Stella

"Grazie!" Jeg har fået serveret et glas kølig Baglio Mafì. "Prego!" Kommer det fra den unge tjener på Il Cantiniere. En frisk og behagelig hvidvin af druen Grillo. Med masser af frugt, som min far udtrykker det, når han forsøger at lære mig om de lokale vine. Jeg har lovet at tage en flaske Moscato[61] med hjem til ham.

Jeg får øje på Stella. Vi bor i samme område af det bedre Catania. Hun er smuk, har humor og så er hun intelligent. Desværre har jeg ikke en chance. Hun er kæreste med Bruno, der ikke er en af Catanias bedste drenge. Han udstråler en ubehagelig rastløshed, som han sidder der over for Stella. De sidder to borde fra mig, og jeg studerer dem diskret. Synes Stella virkelig om hans mange tatoveringer? Jeg ruger over, om han har trænet sig til sine store muskler, eller om det er 'krudt', som de anabolske steroider kaldes.

Det er trist, når en dejlig pige som Stella vælger at omgås en mafia-dreng. Men måske tiltrækkes hun af det farlige og det forbudte. Jeg indrømmer, at det på overfladen kan virke som om, de har styr på det hele, som de fører sig frem. Men i bund og grund er det nogle rodløse drenge med sociale problemer, som myndighederne skulle have fået væk fra gaden for længe siden.

Jeg vender tilbage til min egen virkelighed og prøver at "læse" Bruno, mens han nikker til Stellas uendelige talestrøm. Et koldt blik følger hende. Hans kropssprog røber ingenting; hverken begejstring, skuffelse, irritation eller glæde. Jeg forstår det ikke. Ud over sine kæmpe muskler og en million tatoveringer, hvad har han så at byde på? Jeg drikker ud og betaler. Stella sidder i profil, og hendes kulsorte, krøllede hår gynger på en tiltrækkende måde, hver gang hun gestikulerer. Da jeg forlader vinbaren, får vi øjenkontakt i en brøkdel af et sekund. Hun fortrækker ikke en mine, og jeg ved godt hvorfor. Hendes mafia-dreng går amok, hvis Stella får for meget opmærksomhed fra et andet hankønsvæsen. Jeg har mærket Brunos temperament på egen krop, og jeg skal ikke have klinket mere. Jeg går hurtigt gennem lokalet ud på Viale Libertà og ned til min bil, der er parkeret i smøgen. Jeg sætter mig ind bag rattet, stikker nøglen i tændingen og falder hen.

Det romantiske drømmebillede jeg har af Stella, står i skærende kontrast til mit første "møde" med Bruno. For fjorten dage siden var jeg i byen med mine venner. Vi gav den gas på The Stag's Head, og jeg havde det sjovt. Vi var påvirket, hvilket kunne ses og høres. Ved tre tiden ville jeg hjem. Idet jeg forlod stedet, dukkede Stella op. Jeg smilede og gav hende et kram. Hun gengældte med et knus, mens hun glad udbrød "Ciao Luigi!" Som en trold poppede Bruno op af sin æske, hev mig væk fra Stella og tildelte mig et knytnæveslag i ansigtet. I faldet må jeg have tabt min nye mobiltelefon. Bruno samlede resolut telefonen op, kastede den i jorden og trampede på den, så det knasede. "Kom!" Han trak af sted med Stella. "Vi to skal tale sammen." Herefter sortnede det for mig, og jeg må have mistet bevidstheden for en stund.

Dagen derpå var med slemme tømmermænd, ærgrelser og smerter i hele den højre side af ansigtet, der var blåviolet og hævet. Heldigvis var intet brækket, og jeg havde ikke fået slået tænder ud. Hvor var det meningsløst. Selv om vi var fulde, mindes jeg ikke at have sagt noget anstødeligt eller på anden måde været provokerende. Mest ærgerlig var jeg over min mobiltelefon. Den havde været dyr. Et par dage og adskillige overvejelser senere, besluttede jeg mig for at ringe til Stellas far. Jeg havde trods alt mødt ham; en cool type med et godt forhold til sine børn.

"Signore Giovanni. Jeg har haft et kedeligt sammenstød med Stellas kæreste, Bruno. Han smadrede blandt andet min nye mobiltelefon, hvilket jeg er meget ked af. Jeg håber De kan hjælpe." Måske var det naivt at tro, at han kunne gøre noget, men på den anden side, hvad havde jeg at miste. Han svarede resolut: "Jeg taler med Stella. Du hører nærmere."

"Stella! Luigi er en fornuftig knægt, og jeg respekterer hans familie. Jeg kan forstå at Bruno igen har været stridbar. Har han smadret Luigis mobiltelefon?" Stellas far konstaterer nøgternt, hvad han ved. "Ja det er rigtigt far. Hvordan tror du ikke, jeg har det? Vi var fulde, og Bruno blev jaloux, fordi Luigi gav mig et knus. Jeg er så ked af det. Hvad skal jeg gøre?" Stella hulker mens tårerne triller ned ad kinderne. "Jeg behøver næppe fortæller dig, hvad jeg mener. Vi har talt om det før. Din mor og jeg er bekymret i forhold til din relation til Bruno. Du kan sige til Bruno, at Luigi har valgt ikke at melde ham. Til gengæld skal han give Luigi penge til en ny mobiltelefon. Det er et fornuftigt tilbud, som jeg antager Bruno vil acceptere." Nogle dage senere modtog Luigi en sms fra Stella. "Kære Luigi. Jeg er ked af det, der skete forleden. Jeg håber, du er ok. Jeg har en konvolut til dig med 375 Euro fra Bruno. Undskyld. Undskyld. Undskyld. Stella."

Jeg bliver vækket af et tudende bilhorn. En ældre dame ønsker min plads. Jeg starter bilen og triller hjemad. Det er myldretid, og jeg hænger i den sene eftermiddagstrafik på vej ud af Catania. Jeg reflekterer undervejs over det kriminelle miljø. En af mine studiekammerater i Catania, omgås Bruno. Stéfano hedder han. En begavet fyr, allerede med en kriminel løbebane. Han er altid korrekt i sin opførsel, har mange penge på lommen og får gode karakterer på universitetet. Sidste år deltog vi i den samme studiekreds. Fjorten dage inde i forløbet udeblev han, og vi kunne ikke få fat i ham. Hans mobiltelefon gik direkte på telefonsvarer. Da jeg kontaktede hans forældre meddelte de, at han besøgte familie i udlandet. Senere hørte jeg, at han var i politiets varetægt, mens de undersøgte omstændighederne omkring en narkohandel. To måneder senere var han ude igen. De kunne intet bevise. Jeg ville ønske Stella fik øjnene op for, hvad det var, hun havde gang i. Fra Stéfano ved jeg, at Bruno arbejder som ufaglært mekaniker hos den lokale Fiat forhandler. Det tjener han ikke meget på. At han kan føre sig frem, som han gør, skyldes alene at han har sit eget narko-distrikt.

Stéfano sagde en dag til mig i al fortrolighed, at han troede, at Bruno på et eller andet tidspunkt ville komme galt af sted. Han var uforsigtig og ubetænksom og politiet havde ham under opsyn. Sidste gang Bruno var på kant med loven, var i forbindelse med en varevogn fyldt med hælervarer. Den dag slap han med en måneds husarrest. Næste gang slipper han nok ikke så billigt. Selv har Stéfano to personligheder. Den flittige, lovlydige universitetsstuderende, der taler med politiets tunge, og den begavede forbryder, der er i stand til at tilpasse sig og agere intelligent i det betændte miljø. Mafia-drengenes kynisme gik for alvor op for mig, da jeg for nogle uger siden overhørte en telefonsamtale. Stéfano snakkede med Bruno, og han benyttede vendingen lupara bianca[62]. Jeg ved ikke, om det var sagt i sjov eller i alvor, men det rystede mig at høre min studiekammerat tale om at få skaffet et andet menneske af vejen uden at fortrække en mine.

Endelig er jeg hjemme og holder i indkørslen. Min far står sammen med naboen og praler af sit nye legetøj. En rød Alfa Romeo Brera. "Har du husket Moscatoen?" råber han. "Si! Jeg stille den i køkkenet," svarer jeg. Det er snart eksamen, og jeg skal have skabt mig et overblik. Den sidste tid skal bruges bedst muligt. Da jeg åbner computeren, har Stella skrevet til mig på Facebook. Jeg tør næsten ikke læse. "Ciao Luigi. Er hjemme i aften? Jeg kommer forbi med pengene. Bruno er i Agrigento. Stella."

"Kom indenfor!" Det hele snører sig sammen, da hun står i døråbningen. Stella undskylder endnu engang. Derpå forsøger hun at retfærdiggøre Brunos handling ved at stille sig selv i et ringere lys. "Måske kan jeg godt forstå, at Bruno bliver jaloux. Jeg bør lade være med at bringe mig selv i en situation, hvor jeg får for meget opmærksomhed," forklarer hun. "Helt ærligt Stella. Vi hilste på hinanden, som du ville hilse på en hvilken som helst anden. Ingen behøver at finde sig i sådan en behandling!" svarer jeg kontant. "Ja, jeg ved det. Men alligevel." Stella forsøger at skifte emne. Da jeg kort efter følger hende ud, vender hun sig pludselig om og trykker sig ind til mig. "Jeg er bange Luigi. Jeg ved ikke, hvem jeg kan stole på. Han er besidderisk, og jeg føler mig overvåget. Hvordan skal jeg komme ud af det her?"

Der findes ægte helte, og der findes indbildte helte. I sidstnævnte kategori findes det løgnagtige individ, der med intention stjæler opmærksomheden fra den ægte helt.

Johannes, Firenze

Den tolvte historie fra støvlelandet

En ægte helt

Der er kvalmende hedt på Alfredos lille dele-kontor på Via Maurizio Bufalini. Han kan lige nøjagtig ane den enorme kuppel på Santa Maria del Fiore[63]. Man kan næsten ikke se Firenze for turister. Som altid er Alfredo på jagt efter en god historie. Klokken er ti, og der er tydelige svedskjolde på hans hvide skjorte. Det er flere år siden, der er ansøgt om en aircondition, men fordi bygningerne er antikke, må de ikke foretage installationen uden en godkendelse. Alfredo samler sit gråsprængte hår i en hestehale og tørrer sveden af panden. Hvornår var det nu, han havde skrevet en historie om en dansker? Han stirrer tankefuldt ud af det åbne vinduet, mens motorinier[64] og svaler kæmper om, hvem der kan larme mest. Alfredo rækker ud efter et ringbind med årstallet 1985. Det er nitten år siden, og anledningen var 300-årsdagen for Niccolò Stenones[65] død. Alfredo er på sporet af en god historie om danskeren Otto.

"Caffé?" fritter Manuella høfligt. Alfredo nikker og griber fat i sine noter. For at skabe et godt flow i artiklen, begynder Alfredo at skitsere det historiske forløb.

Mellem 1. og 2. Verdenskrig begyndte Otto en karriere som naver. Det vil sige at han som håndværkssvend inden for sit fag tog arbejde rundt omkring i Europa. Otto var en dygtig tømrer og fik mange jobtilbud. Han holdt sig til Sydtyskland og Svejts, da han beherskede sproget og kom godt ud af det med de lokale. Ottos far Jens Peter havde også været naver. Han arbejdede i Firenze. Jens Peters speciale var fint snedkerarbejde, og han var fast tilknyttet de florentinske teatre. Her mødte han Raffaella. De blev gift og flyttede senere til Danmark. Jens Peter og Raffaella fik seks børn, hvoraf Otto var den ene. En af efterkommerne til Otto, der i dag er bosat i Prato, har gjort redaktionen opmærksom på historien om Otto.

Da 2. Verdenskrig brød ud i 1939, valgte Otto i første omgang at forblive i Sydtyskland. Han tjente godt, og krigen berørte ham ikke i det daglige. I løbet af efteråret 1940 blev situationen imidlertid uholdbar, og Otto besluttede sig for at rejse hjem. Det han oplevede i Danmark, påvirkede ham meget. Situationen var anspændt, det var vanskeligt at finde arbejde og fødevaresituationen blev hele tiden værre. I 1942 tog Otto kontakt til modstandsbevægelsen[66]. I begyndelsen af 1943 fik Otto en henvendelse fra en engelsk agent. Han blev opfordret til at tage tilbage til Sydtyskland og fortsætte sit arbejde som naver. "Du taler flydende tysk, og du er accepteret af lokalbefolkningen. Det er oplagt. Du kommer til at arbejde for den amerikanske efterretningstjeneste OSS. Brug dine øjne og øre flittigt og videresend ukritisk dine observationer. OSS tager selv stilling til relevansen af de informationer, de modtager". Otto besluttede at yde sit bidrag til krigen på den måde og begyndte at spionere for de allierede.

Helt frem til krigens afslutning arbejdede Otto som tømrer og agent i det område af Sydtyskland, hvor han gennem mange år havde haft sin daglige gang. Alt hvad den tyske hær foretog sig, videresendte han loyalt til amerikanerne. Hitlers håndlangere var opmærksomme på forrædere som Otto, og de forsøgte ihærdigt at komme problemet til livs. Men ingen fattede mistanke til Otto. Efter Tysklands overgivelse den 8. maj 1945 vendte Otto hjem til Danmark.

Under 2. Verdenskrig var der et antal ægte og frygtløse modstandsfolk, der kæmpede i Danmark. Umiddelbart efter befrielsen dukkede der flere tusinde op. Det var dem, man kaldte de falske helte. Dem der ikke havde udvist mod under selve krigen. Men nu hvor krigen var slut, og det var ganske ufarligt, gik de på gaden for at rydde op. Otto blev arresteret og smidt i fængsel. Anklagen lød på samarbejde med tyskerne. Gunnar som Otto delte celle med i starten, fortalte om sin fars triste endeligt. ”Min far var medlem af nazistpartiet i 30’erne, men meldte sig ud få år senere, da han blev klar over, hvad det var, Hitler stod for. Efter befrielsen den 4. maj havde nogle bøller fået fat i de gamle medlemslister fra nazistpartiet. En dag bankede det på døren til vores lejlighed. Min far åbnede. Er de Edward Clausen? Spurgte den ene. Det kunne min far bekræfte, hvorefter han blev skudt i hovedet. Senere blev jeg hentet ind til afhøring. Det er fem dage siden.” Gunnar blev løsladt kort efter.

Otto derimod forblev fængslet i flere år. Lange opslidende forhør, ofte med truslen om en snarlig henrettelse hængende over hovedet, var Ottos hverdag igennem lang tid. Det tog hårdt på ham.

Alfredo gennemgår sine noter og sammenligner dem med Ottos families egen skildring af forløbet. Alfredo har altid set Danmark som et foregangsland. Et land med sunde traditioner hvor man opfører sig korrekt, og hvor borgere får en fair behandling i det juridiske system. Men efterhånden som Alfredo får indblik i Ottos kamp, får han et andet syn på Danmark. Han vender hjem til sit fædreland efter at have bidraget heroisk på de allieredes side. Men hans fædreland behandler ham som en forræder, fordi der sidder nogle politi-tumper, der ikke aner, hvad de har med at gøre. Stakkels mand. Alfredo stirrer ud i luften.

Telefonen ringer. Alfredo løfter røret: ”Pronto!” Det er Umberto, redaktøren. ”Alfredo! Jeg kan forstå, du er i gang med en spændende historie fra 2. Verdenskrig. Om en dansk modstandsmand med italienske rødder, der efter krigen blev uanstændigt behandlet i Danmark. Jeg vil have den som forsidehistorie på fredag!” Umberto lægger på.

Efter nogle år under kummerlige forhold i dansk fangenskab, blev Ottos uskyld endelig bevist. Uden nogen form for undskyldning blev Otto løsladt. Dybt berørt af situationen skulle han forsøge at få en hverdag til at fungere. Otto, der var tydeligt mærket af de ydmygende oplevelser, valgte at flytte til en anden landsdel. Han ønskede at komme så langt væk som muligt. Otto slog sig ned på Fyn og fandt et arbejde som tømrer. Han blev senere gift med Lise og fik tre børn med hende. Lise argumenterede ihærdigt for, at Otto skulle søge om at få erstatning. Efter en årrække besluttede han sig for at gøre forsøget. Det blev endnu et nederlag. Der var ingen vilje fra myndighedernes side. Dokumenterne var "pludselig bortkommet", og de politifolk der havde haft ansvaret for de grænseoverskridende forhør dækkede over hinanden. "Det var endnu en ydmygelse. Det kunne jeg godt have været foruden. Jeg vil aldrig mere tale om det." Det var Ottos ord til Lise en stille stund i 1956.

End ikke da USA i 1967 tildelte Otto en livsvarig pension som tak for hans helte-indsats under krigen, kom den ventede æresoprejsning fra de danske myndigheder. Nu virkede det nærmest som om, det lille jantelovs-bureaukrati i Danmark havde fået ondt af, at amerikanerne havde tildelt Otto denne ærefulde pension. Alfredo studerer en kopi fra Lises dagbog. Den er dateret samme dag som Ottos bisættelse.

Den 6. juni 1999:

'Min dejlige mand der tappert kæmpede for frihed og for sit fædreland, men som aldrig blev belønnet for sin heroiske indsats af sine egne brødre.'

Alfredo rejser sig og går ned på Bar Pasticceria. Alle eleverne fra Scuola Leonardo da Vinci[67] benytter den i pauserne. Der er en god stemning. "Ciao Alfredo! Un macchiato[68]?" råber Lorenzo. "Si! E un Brioche[68]," svarer Alfredo. Det myldrer med yndige sprogstuderende fra alverdens lande. Glade, uskyldige og naive unge mennesker. De er slet ikke klar over, hvilke lidelser nogle mennesker har måttet gennemgå for det frie Europa, vi nyder godt af i dag. Alfredo reflekterer en stund, mens han indtager sit lille mellemmåltid ude på fortovet, hvor han må ryge. Historien om Otto har gjort indtryk, og han er glad for at redaktøren har tildelt den en forside-placering. Vi er alle i guds hænder, tænker Alfredo. Det var Ottos skæbne. Forhåbentlig ser han min artikel, hvor han end befinder sig.

Tilbage på redaktionen løber Alfredo ind i Umberto. "Va bene?" brummer han, mens de passerer hinanden. "Si! Tutto bene. Jeg er klar med artiklen til deadline". Alfredo er ikke i tvivl om, hvad overskriften skal være.

'En ægte helt.'

Kunsten at forføre har mange ansigter. Politikeren Silvio Berlusconi[69], kvindebedåreren Giacomo Casanova[70] og kunstneren Francesco Petrarca[71] var dygtige forførere der udnyttede forskellige virkemidler! Usmagelig propaganda, sødmefyldt kærlighed og lyriske digte.

Johannes, Pescara

Den trettende historie fra støvlelandet

Kærlighedens maske

Vittorio henfalder i tanker. Han er 84 år og godt brugt af mange års flid som benediktinermunk. Hans lille kammer ligger ud til køkkenhaven, centralt placeret i gården inden for klostermuren. Fra et lille vindue højt oppe på væggen trænger solens stråler lige akkurat ind og oplyser hjørnet af den spartanske celle. Det er en midlertidige løsning, mens moderklostret Monte Cassino[72] renoveres. Det er i dag den 1. marts 1948 og nøjagtig ti år siden, hans barndomsven fra Pescara kom af dage. Gabriele var 75 år, da han fik et slagtilfælde på sin bopæl i Gardone Riviera[73]. Han havde været en flittig brevskriver, hvilket Vittorio var ham meget taknemmelig for. Gennem årene har det givet en ensformig hverdag ekstra indhold.

Vittorio bladrer i bunken af breve. Han tænker på de mange værdier, der kunne være gået tabt. Det var tyske officerer, der havde fået bragt kunstskatte og historiske dokumenter fra Monte Cassino til Vatikanet, inden de allierede lagde klostret i ruiner. Tre ugers hårdt arbejde og hundrede vognlæs i konvojer med munke som drabanter. De fleste brødre nåede i sikkerhed og fik det med, der betød noget. For Vittorios vedkommende var det brevene fra Gabriele d'Annunzio[74]. Han gør korsets tegn.

Igennem tres år modtog Vittorio langt over hundrede breve fra Gabriele. For Vittorio er det et vidnesbyrd om en af Italiens store personligheder. Han har derfor besluttet at overdrage samlingen til Pescara Kommune. Måske kan de få en betydning på et tidspunkt. Vittorio udvælger tilfældige breve, og begynder at læse.

Prato, oktober 1877.
Gabriele beskriver indgående, hvordan det er at gå på den prestigefyldte Convitto Cicognini[75]. Hans forældre valgte skolen i Prato, fordi han demonstrerede særlige evner med sin poesi.

Prato, juli 1879.
'Min elskede far har besluttet at finansiere min første bog. Det er en digtsamling, Vittorio. Jeg har valgt at kalde den "Primo vere". Jeg er ikke i tvivl om, at jeg kan noget med ord.'

Vittorio modtager senere et dedikeret eksemplar:

'Til min kæreste ven Vittorio.
Et lykkeligt forår jeg ønsker dig.
For altid.
Gabriele.'

Prato, juni 1881.
Gabriele er dimitteret. Han skriver følelsesladet, at han ville ønske, at Vittorio havde haft mulighed for at deltage i ceremonien. *'Efter sommerferien, kære Vittorio, vil jeg tage til Rom og prøve lykken som journalist. Jeg brænder efter at sætte ord på alt det, jeg har på hjertet.'*

Rom, marts 1882.
Gabriele arbejder som journalist på et litterært fjortendages magasin ved navn La Cronaca Bizantina. Vittorio undrede sig allerede dengang over nogle af de politiske holdninger, som Gabriele gav udtryk for: *'Jeg har netop skrevet en artikel om irredentisme[76]. Om en samlet italiensk stat mod nord. Helt op til Bolzano, Vittorio, og den sydlige del af Tyrol. Jeg fyldes med ærefrygt, når jeg læser artiklen og ser min egen underskrift.'*

Rom, august 1883.
'Min kæreste ven Vittorio. Livet tilsmiler mig. Jeg er blevet gift med grevinde Maria Hardouin[77]. Vi venter vores første

barn.' Sådan begynder det glædelige budskab fra Gabriele. Vittorio reflekterer, mens han læser. Brevet åbenbarer, sideløbende med den glædelige begivenhed, en spirende utilfredshed. Måske er det fordi, jeg kender historien, at jeg fornemmer Gabrieles mishag mellem linjerne, tænker Vittorio.

Rom, december 1887.
Gabriele d'Annunzio er blevet et kendt navn i pressen. Politiske holdninger, succes som poet og forfatter, og adskillige affærer får spalteplads. Det var altid spændende at læse, hvad hans barndomsven havde at berette. Vittorios eget liv var præget af et dydigt liv og en forudsigelig hverdag. At to mennesker kan udvikle sig så forskelligt, tænker Vittorio.

Rom, december 1890.
'Min kæreste Vittorio, hvor er jeg glad for, at I vil modtage mig på klosteret. Situationen er belastende, og jeg må søge derhen, hvor der er rummelighed, når andre forfølger mig. Jeg kan ikke finde ordene mere!' Vittorio husker en trist og skuffet Gabriele, der, separeret og forfulgt af kreditorer, flygtede til Vittorio i Francavilla al Mare[78]. Vittorio forstod godt Gabrieles frustration den gang men tænkte, at hans gode ven levede over evne.

Napoli, marts 1893.
Af brevet fremgår det, at Gabriele igen har fundet ro. Han er atter i stand til at fungere som forfatter. Gabriele beretter udførligt om romanen 'L'innocente' og digtet 'Poema paradisiaco'. *'Vittorio, jeg fik inspiration fra Friedrich Nietzsche[79].'*

Vittorio tager et brev fra 1899. Gabriele har bosat sig i Toscana. Vittorio mindes nogle af de kvinder, som Gabriele på det nærmeste var besat af. Eller var han? Han blev i hvert fald omtalt som en af tidens store skørtejægere. Maria

Gravina[80], som Vittorio mødte i Francavilla, havde gjort et særligt indtryk på ham.

Firenze, februar 1899.
'I glædens stund skriver jeg til dig, min kæreste ven Vittorio. Vort faderlands store stjerne Duse[81] bor ikke langt fra villa La Capponcina[82]. Kærligheden blomstrer mellem Firenze og Fiesole, kan du tro.' Af det opløftende brev, fremgår det, at Gabriele også samarbejdede kunstnerisk med sin nye hjerterdame. Set i lyset af de historiske begivenheder, levede Gabriele et fyrsteligt liv ud over sin egen formåen, tænker Vittorio.

Firenze, oktober 1901.
Gabriele modtager anerkendelse for 'La notte di Caprera'. Gabriele fortæller med stolthed hvordan bogen er tilegnet Garibaldi[83]. Vittorio smiler. Gabriele havde allerede på dette tidspunkt en kombattant i maven.

Gabriele er begyndt at flirte med Alexandra af Rudinì[84]. Han udgiver romanen 'Il fuoco', der nådesløst beskriver forholdet til Duse. Det nærmede sig en offentlig skandale.

Arcachon[85], september 1911.
'Min kære Vittorio. Jeg er igen forfulgt. Trods min lidenskab for min fædrene nation, ser jeg ingen anden udvej end at flygte til et land, hvor jeg kan slippe mine kreative tanker løs. I skrivende stund arbejder jeg på en vaudeville i samarbejder med Claude Debussy. Jeg har store forventninger. Den skal hedde "Le martyre de Saint Sébastian.'

Vittorio rynker sine gamle bryn og kommer i hu, at Vatikanet reagerede på stykket ved at sætte Gabrieles værker på en liste over forbudt litteratur.

Da 1. Verdenskrig bryder ud, er afsenderadressen igen Italien. Vittorios gode ven viser sig fra en ny side.

Venedig, august 1918.
'Kære Vittorio. Jeg tjener mit land med stolthed. I går lykkedes det mig at flyve over Wien og nedkaste 400.000 flyveblade med politisk propaganda. For dette Vittorio, har jeg fået en orden.'

Brevene fra perioden antyder, at krigen befæstede Gabrieles nationalistiske synspunkter. Vittorio undrer sig den dag i dag over nogle af Gabrieles forskruede handlinger. For eksempel da han i 1919, med en hær af nationalister, drog til Kroatien for at indtage Fiume. Han erklærede derefter byen for italiensk territorium og udråbte sig selv som diktator med titlen Duce. Da Italien modsatte sig, erklærede Gabriele krig mod sit eget land. Det kom han ingen vegne med, og måtte erkende sit nederlag. Det var fascismens spæde start, ræsonnerer Vittorio. I et andet brev beskriver Gabriele, hvordan han eksperimenterede med amerikansk olie, når han torterede sine fanger. *'Det gør ingen skade Vittorio, det er bare voldsomt afførende.'* Vittorio ruger over alt det, der er sagt og skrevet. Hvad der er sandt, og hvad der er brugt som propaganda?

Gardone Riviera, december 1923.
'Vittorio, min kære ven, jeg må konstatere, at jeg stadig har mange smerter i benene.' Vittorio ihukommer en ugerning, hvor Gabriele bliver skubbet ud af et vindue, umiddelbart før han skal deltage i et forsoningsmøde med Mussolini[86] og Nitti[87] i kølvandet på Fiume-affæren.

Gardone Riviera, oktober 1933.
'Kæreste ven Vittorio. Jeg føler mig gammel og svag. I Pescaras vand, i San Cetteos gamle kar, hvor jeg blev døbt for 70 år siden, ligger min sjæl. Jeg vil så gerne. Måske er det en test af mit hjerte, men jeg tror ikke, det klarer flere anstrengelser. I dag Vittorio, skrev jeg til Mussolini for at få ham til at bryde båndene med Adolf Hitlers Tyskland.'

Gardone Riviera, oktober 1937.
*'Min kære ven. Din storhed er din destination. Når jeg ikke
er mere, skal du dele mit hjerte i tusinde stykker og sprede
det ud over hele Abruzzo. Den 30. september, ansigt til
ansigt, forsøgte jeg for sidste gang at overtale Mussolini til
at opgive vores alliance med det nazistiske styre i
Tyskland.'*

Det var det sidste livstegn fra Gabriele. Vittorio lægger
omhyggeligt låg på æsken med de værdifulde breve. På
låget skriver han med sin gigtplagede håndskrift:

'Gabriele d'Annunzio.'

Et ansigt kan le og græde bag mange masker, reflekterer
Vittorio. Han gør korsets tegn.

Noter

1
Cortese
Hvidvins-drue der især dyrkes i Piemonte.

2
Panda 4x4
Lille og prisbillig Fiat model, der med firehjulstræk (4x4), er populær i Italiens mange bjergrige områder.

3
Dolcetto
Rødvins-drue der især dyrkes i Piemonte.

Heldigvis vender de aldrig tilbage

4
Alto Adige
Lokalavisen i Bolzano.

5
Sturmbannführer
Nazi-militærtitel der af rang kan sammenlignes med major.

6
Wehrmacht
Den officielle betegnelse for den tyske hær under 2. Verdenskrig.

7
Messinastrædet
Et smalt stræde mellem det østlige Sicilien og det sydlige Calabrien.

8
Feltmarskal Kesselring
Højtstående general i Hitlers krigsmaskine.

9
Interneringslejr Fossoli
Transitlejr i Emilia-Romagna provinsen. Her afventede
fangerne deres videre skæbne, som typisk var en tysk
udryddelseslejr.

Ferminas dagbog

10
Giuseppe Pella
1902-1981. Italiensk politiker der opstillede for
Kristendemokraterne.

11
Lyserød sløjfe
Italiensk tradition hvor den nyfødte, dreng eller pige,
bekendtgøres med en lyserød eller lyseblå sløjfe.

12
Polenta
Retten tilberedes af afskallet eller knust majs; som grød,
bagt, grillet eller stegt.

13
Toilet
De gamle toiletter var i jordhøjde og man stod op eller sad
på hug.

14
Marzabotto massakre
Værste massakre i Italien under 2. Verdenskrig. Omkring
800 civile blev nedslagtet af Waffen-SS. Byen Marzabotto
ligger i bjergene lidt sy for Bologna.

15
Walter Reder
Den Østrigsk fødte Waffen SS officer der gav ordren til
massakren i Marzabotto.

Langt væk hjemmefra

16
Favignana
Kommune på Siciliens vestkyst ved Trapani. Omfatter
øerne Favignana, Marettimo og Levanzo.

Drømme

17
Immigrantstationen i New York
Gammelt fort (Castle Clinton) der i årene fra 1855 til 1890
blev benyttet som Amerikas første immigrantstation.

18
St. Louis Railroad
Gigantisk byggeprojekt der havde til formål at forbedre
infrastrukturen i Nordamerika. Især inden for transport af
jern og bomuld, men det blev også nemmere for
nybyggerne at komme vestpå.

19
Ellis Island
Lille ø og tidligere karantænestation ved indsejlingen til New
York. Blev taget i brug fra 1890 efter Castle Clinton (se
note 17).

20
Girolama og Gabrieles rejse i Amerika

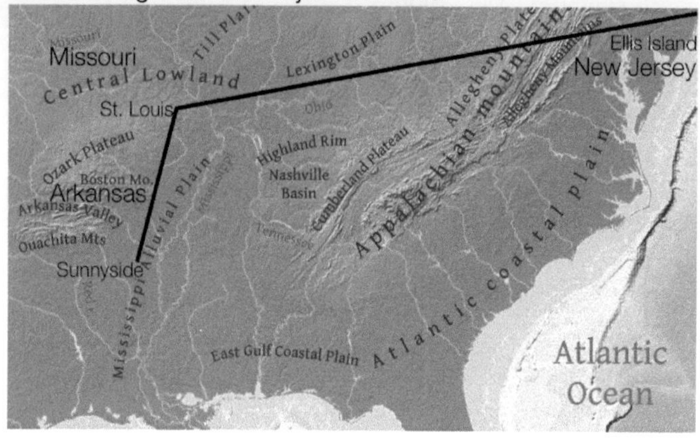

Jagten på de røde koraller

21
Madonna del Rosario
Festivitas den 7. oktober til ære for Jesu moder Maria.

22
Favne
Gammelt mål der svarer til cirka 1,85 meter.

Den kinesiske skulptur

23
Settebello
Eldrevet luksus-eksprestog der kørte mellem Milano og
Rom mellem 1952 og 1992.

24
Trastevere
Det 13. distrikt i Rom der ligger syd for Vatikanet ved
floden Tiberen.

25
Caffettiera
Kaffe-brygger der udnytter tyngdekraften til at presse
kogevandet gennem bønner.

Mæt af dage

26
Hertuginden af Forlì
1463-1509. Catarina Sforza var en italiensk adels- og
renæssancekvinde og hertuginde af Imola og Forlì. Hun var
kendt for en aggressiv opførsel, måske hårdt presset af
den opslidende krig med Borgia (se note 29) og Medici (se
note 37).

27
Elisabetta Gonzaga
1471-1526. Italiensk adels- og renæssancekvinde. Hun var
hertuginde af Urbino. Hun var blandt dem, der fik Cecare
Borgias brutalitet at mærke.

28
Hertugen af Urbino
1572-1508. Guidobaldo da Montefeltro var en italiensk
adelsmand og hærfører, der var gift med Elisabetta
Gonzaga (se note 27)

29
Cecare Borgia
1475-1507. Sagnomspunden og stridbar, italiensk
hærfører, adelsmand, kardinal og politikker. Han var søn af

Pave Alexander VI (se note 31). Han førte mange krige og var kendt for sin brutale fremfærd.

30
Niccolò Machiavelli
1469-1527. Berømt florentiner, der har fået en plads i historien som filosof, humanist, forfatter og politiker. Han fungerede i en periode som diplomatisk udsending for Firenze. Blandt andet en mission til Hertuginden af Forlì, Catarina Sforza (se note 26).

31
De tre Paver der er nævnt i fortællingen:

Pave Alexander VI (født Rodrigo Borgia)
1431-1503. Eftermæle: Han var berygtet og korrupt og far til Cecare Borgia (se note 29), som han udnævnte med politiske motiver.

Pave Julius II (født Giuliano della Rovere)
1443-1513. Eftermæle: Han var aktiv udenrigspolitisk, finansierede kunst og byggede ambitiøst.

Pave Leo X (født Giovanni di Lorenzo de'Medici)
1475-1521. Eftermæle: Han lånte og brugte mange penge. Især krigen om Urbino og indsættelsen af sin Medici-nevø kostede dyrt.

32
Hertugen af Ferrara
1476-1534. Alfonso I d'Este var en italiensk adels- og militærmand der huskes for sin passion for kunst.

33
Alfonso V af Aragon
1396-1458. Han var af spansk oprindelse og, i den tidligere renæssance, konge af Aragonien, Valencia, Mallorca, Sardinien, Corsica, Sicilien og Napoli……. og oldefar til Hertugen af Ferrara (se note 32).

Læs mere om Alfonso i historien om tårnet på side 65.

34
Leonardo da Vinci
1452-1519. Renæssance-geni og berømt som kunstmaler, skulptør, musiker, arkitekt, matematiker, ingeniør, forfatter og opfinder.

35
Baldassare Castiglione
1478-1529. Forfatter, courtier (en person der har sin gang i de royale stuer), humanist og soldat.

36
Kardinal Bibbiena
1470-1520. Han var født Bernardo Dovizi fra Bibbiena og var kardinal og komedie-forfatter. Han fungerede blandt andet som sekretær for Giovanni di Lorenzo de'Medici, den senere Pave Leo X (se note 31).

37
Giuliano de'Medici
1479-1516. Italiensk adelsmand og søn af statsmanden Lorenzo de'Medici med tilnavnet "Lorenzo il Magnifico" - den storslåede. Giuliano selv blev i Urbino omtalt som "Signore Magnifico".

38
Gerolamo Genga
1476-1551. Italiensk billedhugger, maler og arkitekt.

Han så det ske

39
Amfora
Krukke, oftest af ler, med to hanke og spids bund. Blev

brugt til opbevaring og transport af for eksempel vin og
olivenolie.

40
Pilekviste
Benyttedes til at flette redskaber.

41
Hannibal
247-183 f. Kr. Hærfører fra Karthago. Han fik sit navn slået
fast gennem sine bedrifter i den anden punisk krig. Der var
tre punisk krige: 246-241 og 218-202 og 149-146 f. Kr.

42
Hannibal overvejede tre ruter mod Trasimeno Søen: A, B
og C.

43
Etrurien
Område der svarer nogenlunde til det Toscana og
Umbrien, vi kender i dag.

44
Lejesoldater
Hannibals lejesoldater kom blandt andet fra Karthago,
Numidien, Libyen, Marokko, Spanien, Italien og England.

45
Gaius Flaminius
Ca. 265-217 f. Kr. Romersk politiker og hærleder. Omkom
i slaget ved Trasimeno Søen i Umbrien.

46
Gnaeus Servilius
? – 216 f. Kr. Romersk hærleder. Omkom året efter
bagholdet ved Trasimeno Søen i slaget ved Cannae i
Puglien.

47
Karthago
Koloni grundlagt cirka 800 år f. Kr. i det Tunesien, vi kender
i dag. Byen lå ikke langt fra den nuværende hovedstad
Tunis.

48
Cato
234-149 f. Kr. Også kaldet Cato den Ældre. Romersk
senator og embedsmand. Han var alvorligt bekymret for
Karthagos tiltagende magt i Middelhavsregionen.

49
Vidne til
Cirka sekstentusinde legionærer blev slået ihjel. Cirka
sekstusinde overgav sig. Gaius Flaminius (se note 45) blev
slået ihjel af keltiske lejesoldater. Navnet på den flod der
løber ind igennem slagmarken og ned til Trasimeno søen,
hedder i dag Sanguineto, hvilket betyder *det har blødt*.

Tårnet

50
337 fætre og kusiner
Langs kysten byggede man 337 tårne, således at man
hurtigt kunne advare mod pirater.

51
Dino og Cirella
Alle tårne havde navne.

52
Castel dell'Ovo
Det ældste forsvarsværk i Napoli (middelalder). Fortet ligger
i vandkanten.

53
Angevinerne
Oprinder fra den franske region Anjou, der var forenet med
den engelske krone under Richard Løvehjerte.

54
Castello Aragonese
Stort og velbevaret middelalderslot beliggende på øen
Ischia i Napolibugten. Navnet stammer fra Aragonernes
erobring af området (se også note 33).

55
Castel Nuovo
Centralt beliggende middelalderslot i hjertet af Napoli.
Omtales også som Maschio Angiono, hvilket betyder en
Angeviner af det mandlige køn (se også note 53).

Bortførelsen

56
Brigant
Bandit.

57
Filigran knapper
Knapper af mønstrede metaltråde.

58
Arkitektoniske hints
Byzantinere (Afrika, Egypten og Makedonien)
Grækere, romerne (Sydeuropa)
Normannere (Nordeuropa)
Aragonere (Spanien).

59
José Borjes
1813-1861. Spansk general der både samarbejdede med
og bekæmpede banditterne i Calabrien.

60
Romersk Villa
Fælles betegnelse for landvillaer, der blev bygget under
Romerrigets herredømme.

Stella

61
Moscato
Hvidvinsdrue der blandt andet dyrkes på Sicilien.

62
Lupara bianca
Siciliansk mafia-begreb der hentyder til et mord, hvor
offeret skal forsvinde sporløst. For eksempel i våd cement.

En ægte helt

63
Santa Maria del Fiore
Firenzes formidable Domkirke. Påbegyndt år 1296. Færdig
år 1436.

64
Motorino
Lille scooter eller knallert der benyttes meget i Italien.

65
Niccolò Stenone (på dansk Niels Stensen)
1638-1686. Dansk naturforsker, geolog, anatom og præst.
Han ligger begravet i San Lorenzo kirken i Firenze.

66
Modstandsbevægelsen
Bevægelsen i Danmark vil nok helst huskes for de flere
tusinde jøder, den fik smuglet til Sverige.

67
Scuola Leonardo da Vinci
Italiensk sprogskole med uddannelsessteder i Firenze,
Milano, Rom og Siena.

68
Macchiato og brioche
Macchiato; espresso med en smule opskummet mælk.
Brioche; kan bedst sammenlignes med en Croissant.

Kærlighedens maske

69
Silvio Berlusconi
Italiensk milliardær og politiker. Begyndte sin karriere som
crooner på krydstogtskiber. Måske mest kendt for at gøre
sig uheldigt bemærket i det private og offentlige rum.

70
Giacomo Casanova
1725-1798. Eventyrer, forfatter og kvindebedårer.

71
Fransesco Petrarca
1304-1374. Italiensk forfatter og poet. En af de tidlige
humanister.

72
Monte Cassino
Cirka 500 meter høj klippe mellem Rom og Napoli, hvorpå
Benediktinerordenens moderkloster ligger.

73
Gardone Riviera
By ved Gardasøen.

74
Gabriele d'Annunzio
1863-1938. Italiensk digter, forfatter, journalist, dramatiker,
soldat, pilot, politiker. Han var også patriot og taler for de
ideologiske strømninger i Italien inden for irredentisme (se
note 76) og fascisme.

75
Convitto Cicognine
Ældste skole i Prato. Dateres tilbage til 1692.

76
Irredentisme
Begreb der udspringer af nationalistiske tanker om en
forenet stat med fælles sprog og etnisk ensartethed.

77
Maria Hardouin
1864-1954. Italiensk adelskvinde gift med Gabriele
d'Annunzio.

78
Francavilla al Mare
By ved Adriaterhavet i Abruzzo.

79
Friedrich Nietzsche
1844-1900. Tysk filosof med stor indflydelse.

80
Maria Gravina
1861- ?. Siciliansk og gift adelskvinde, som Gabriele
d'Annunzio havde et forhold til og fik en datter med.

81
Eleonora Duse
1858-1924. Italiensk skuespillerinde især associeret med
teaterstykker af Gabriele d'Annunzio og Henrik Ibsen.

82
La Capponcina
Villa nordøst for Firenze få kilometer fra Fiesole, hvor
Gabriele d'Annunzio holdt til i en periode.

83
Giuseppe Garibaldi
1807-1882. Italiensk nationalist og guerillaleder som
kæmpede for et forenet Italien. De sidste år tilbragte han
på øen Caprera ved Sardinien.

84
Alexandra af Rudini
1876-1932. Italiensk adelskvinde hvis far var minister og
formand for ministerrådet i Kongeriget Italien. Efter en
periode som Gabriele d'Annunzios elskerinde, viede hun sit
liv til kirken og blev nonne.

85
Arcachon
By ud til Atlanterhavet i det sydvestlige Frankrig.

86
Benito Mussolini
1883-1943. Italiensk diktator og leder af det fascistiske
parti.

87
Francesco Nitti
1868-1953. Italiensk økonom og politiker som, på grund af
modsætningerne mellem kommunisterne, anarkisterne og
fascisterne, kun var premierminister et enkelt år fra 1919 til
1920.